Reserve
p Yt 50.

LA

NÉPHÉLOCOCUGIE

RARETÉS BIBLIOGRAPHIQUES

TIRÉES A CENT EXEMPLAIRES SEULEMENT

94 *sur papier de Hollande*
4 *sur papier de Chine*
2 *sur peau vélin.*

Exemplaire N° 8

VINCENT BONA

IMPRIMEUR DE S. M.

A TURIN

LA
NÉPHÉLOCOCUGIE

OU

LA NUÉE DES COCUZ

Comédie, sans distinction d'actes ni de scènes,
et entremêlée, à l'imitation d'Aristophane,
de strophes, antistrophes, odes, épodes, etc.

PAR PIERRE LE LOYER

Seigneur de la Brosse

précédée d'une Notice biographique
et bibliographique

PAR M. G. B.

TURIN

CHEZ J. GAY ET FILS, ÉDITEURS

—

1869

NOTICE SUR P. LE LOYER

ET SUR SES OUVRAGES

Pierre Le Loyer, sieur de la Brosse, est un des
plus singuliers de ces écrivains à idées bizarres,
à conceptions étranges, qui furent assez communs
au seizième siècle. A cette époque, la pensée re-
ligieuse et philosophique, si longtemps paralysée,
reprenait son essor; la littérature participait à
une semblable indépendance. On voulait du nouveau; on courait après le paradoxe; une vaste
érudition ne servait souvent qu'à enfanter des productions ridicules. Le Loyer se distingua dans
cette carrière, et il aborda sans hésitation des
genres fort différents les uns des autres. Ce poly-
graphe a laissé un nom assez connu des amis de

l'histoire littéraire, mais ses écrits, devenus rares,
sont fort oubliés de nos jours ; la plupart d'entre
eux ne méritent guère d'ailleurs d'être retirés des
ténèbres où ils sont plongés ; quelques lignes, voilà
tout ce qui doit leur revenir. Deux d'entre eux,
la *Néphélococugie* et le *Muet insensé*, que nous
mettons à la disposition de quelques curieux, peuvent encore être lus avec intérêt. Disons d'abord
que né à Huillé, dans l'Anjou, en 1550, Le Loyer,
après avoir étudié à Paris et à Toulouse, obtint
au présidial d'Angers une charge de conseiller ; il
l'occupa jusqu'à sa mort, survenue en 1634.

En 1576, jeune encore, il publiait à Paris, chez Abel
l'Angelier, un volume qu'il intitulait : *L'Erotopegnie,
ou Passe-temps d'amour, ensemble une comedie
du Muet insensé*; trois ans plus tard il faisait re-
paraître les mêmes productions, mais sous un nouveau titre : *Œuvres et Mélanges poétiques, ensemble
la comédie Nephelococugie, ou la Nuée des cocus*
(Paris, J. Poupy, 1579, in-8°, 8 ff., 256 pages et 6 ff.),
volume rare, qui s'est payé 68 et 79 fr. aux ventes
Nodier et Bertin, 163 fr. à la vente des livres de
M. H. de Ch. (Chaponay), en 1863, et qui, cette année
même (1869), revêtu d'une reliure de Bauzonnet, a
atteint à la vente de M. le baron Pichon, le chiffre
énorme de mille francs (1). — On y trouve les *Amours*

---

(1) Ce volume se compose de quatre parties : 1° *Mélanges*, 144 pages ;
2° Le *Muet insensé*, comédie, 74 p. ; 3° La *Néphélococugie* (de 1578),
156 p.; et enfin, 4° *Les folastries ou Esbatz de jeunesse*, 34 pages.
On trouvera ces *folastries* à la suite du *Muet insensé* qui est sous
presse en ce moment.

de Flore, six *idylies,* où une érudition mythologique
s'étale beaucoup trop, deux *bocages de l'Art
d'aimer* (l'un de 127 strophes de quatre vers, l'autre de 156), 71 sonnets, que l'auteur qualifie de
politiques, on ne sait pourquoi, la qualification de
satiriques, de prophétiques, ou d'énigmatiques
aurait mieux convenu; 25 épigrammes (plusieurs
sont imitées de l'Anthologie) terminent cette col-
lection de poésies qui présentent aujourd'hui assez
peu d'intérêt, quoiqu'elles ne soient pas dépourvues
d'une certaine originalité. Mais ce qu'il a laissé
de plus remarquable, c'est la *Néphélococugie,* pro-
duction très-gaie, trop gaie peut-être, et qui dut
faire rire aux larmes tous les bons pantagruelistes.
On y voit une imitation d'Aristophane, de ses *parabases* et de ses *épirrhèmes* et surtout de la
comédie des *Nuées.* Ce dialogue, coupé par des
chœurs, avec strophes, antistrophes, alæostrophes
et épodes, est une œuvre qui reste seule en son
genre dans la littérature moderne. Il serait inutile
d'en offrir l'analyse, puisque nous allons l'offrir
aux lecteurs; ils apprécieront tout ce qu'elle a
de piquant et d'original, et ils excuseront quelques
libertés de langage, dont personne ne songeait
à se scandaliser au dix-septième siècle. On ob-
servera que les deux vieillards, malheureux en
ménage, sont *Thoulouzains,* et comme, dans les
sonnets que nous avons signalés, il s'en trouve
sept dirigés contre Toulouse et ses habitants, il
faut en conclure que Le Loyer gardait une vive
rancune à cette ville ou il avait fait ses études de
droit.

La *Néphélococugie*, que nous mettons sous les yeux de quelques curieux, est une œuvre fantastique et railleuse. Les malheurs des époux trompés n'ont jamais été l'objet de plaisanteries plus mordantes et plus bouffonnes. C'est d'Aristophane que Le Loyer s'est inspiré; il a emprunté quelque chose aux *Nuées*, quelque chose aux *Oiseaux*, et il a produit une œuvre qui n'a pas, ce nous semble, son pendant dans quelque langue que ce soit. En un mot, c'est une débauche d'une imagination spirituelle et d'une verve infatigable. Deux vieux cocus, Génin et Cornard, partent pour le pays des Cocus (des coucous), et, avec Jean Cocu, qu'ils y rencontrent, ils bâtissent une ville en l'air, afin de se soustraire à Priape qui leur fait une guerre continuelle. Les hommes sont enchantés de cette résolution, et tous viennent se faire recevoir parmi les Cocus.

Pierre de Larivey, un des meilleurs écrivains comiques du xvie siècle, passa pour avoir pris part à la *Néphélococugie*, et La Croix du Maine, dans sa *Bibliothèque françoise*, le désigne même comme en étant l'auteur.

Notre auteur était doué d'une vaste érudition: il avait étudié le grec et l'hébreu, mais sa science était confuse, mal digérée, et il était complètement dépourvu de critique, défaut qui était d'ailleurs celui de presque tous les savants du seizième siècle. Il ne se bornait pas à composer des poésies, il écrivit sur la démonologie; c'était un travers de

l'époque : Bodin, de Lancre et bien d'autres trai-
taient ce sujet qui était alors fort du goût du
public. Les possédées, les sorcières se trouvaient de
tous côtés ; on avait beau exorciser les unes, brûler les autres, il s'en présentait des quantités
toujours croissantes. Le Loyer réunit une multitude de récits qui font sourire de nos jours, mais
que les contemporains lisaient avec effroi, et il
en forma un volume intitulé : *Quatre livres des*
spectres, ou apparitions et visions d'esprits,
anges et démons se montrant sensibles aux hom-
mes (Angers, 1586, in-4°). Neuf ans plus tard l'ouvrage reparut, avec des additions considérables :
Discours et histoires des spectres; on compte plus
de 1000 pages dans ce gros livre, et il est probable
que l'éditeur parisien, N. Buon, qui le mit au
jour, s'en défit rapidement. La Sorbonne donna
son approbation officielle à cet ouvrage « pour l'ins-
» truction des bons catholiques contre les perni-
» cieuses et erronées opinions des anciens et mo-
» dernes athéistes, naturalistes, libertins, sorciers
» et hérétiques. »

Mais le monde surnaturel cessa bientôt d'occu-
per Le Loyer; il porta ses regards sur un tout
autre sujet, sur les migrations des anciens peuples, et il exposa ses idées dans un ouvrage qu'il
fit paraître en un volume in-8°, à Paris, en 1620 :
Edom, ou les colonies iduméanes. Ce n'était d'ailleurs que l'abrégé d'un travail bien plus étendu
et formant dix gros volumes qu'il avait à peu près
terminés lorsque la mort vint le frapper et qui
sont heureusement demeurés en manuscrits. Il

s'agit de démontrer que les familles de l'Idumée,
partant de la Palestine, se sont répandues dans l'Asie
mineure et dans l'Europe; elles ont laissé des
traces de leurs établissements, des vestiges de leur
passage dans les noms d'une multitude de lieux.
Pour arriver à ce résultat, Le Loyer torture les
noms hébreux, il les contracte, les mutile ou les
étend, les consonnances les plus fugitives, les rap-
ports les moins apparents, les anagrammes lui parais-
sent des preuves irrécusables. D'après lui Edom ou
Esaü est évidemment le même qu'Endymion, et il
a donné son nom à l'Isaurie; son épouse, Ahalibe,
a été l'origine de la dénomination que porte le
fleuve de Lubinie. Le lac de Garde ne se retrou-
ve-t-il pas dans Gaatham? C'est surtout lorsqu'il
s'agit de l'Anjou, de son pays natal, que l'écrivain
redouble d'idées étranges. Le village d'*Huillé* a
pour étymologie l'Ahale ou l'Ohole d'Ezéchiel qui
est *Ada* ou *Gadda*, femme d'Esaü. Le bourg d'*I-
gnerelles*, près *Huillé*, c'est incontestablement la
même chose que *Ain Ha Rouel*, ou la fontaine
d'Hercule. N'est-il pas certain qu'*Hadar*, fils de
Madian, a donné son nom au hameau de la *Ta-
barderie?* Le Loyer se trouve lui-même mentionné
dans la Bible et dans l'Iliade. Son nom doit se
traduire par Issachar; c'est donc à lui que s'a-
dresse la bénédiction de Moïse, et il reçut le man-
dat spécial d'expliquer au monde l'origine des
nations. Le nom, le prénom, le pays, la province,
le village de l'auteur d'*Edom*, sont indiqués en
toutes lettres et sans équivoque dans un vers de
l'*Odyssée* (l. V, v. 185); trois lettres numérales
restent en dehors dans ce vers prophétique: elles
indiquent la date 1620, c'est-à-dire l'année même

où parut le volume qui renferme tant de belles
choses. On nous dispensera sans doute de nous
étendre davantage sur ce tissu de divagations
que l'auteur regardait comme son chef-d'œuvre,
et qu'il adressa au roi Jacques Ier, en émettant
dans son épitre dédicatoire le vœu que le fils de
Marie Stuart et ses sujets revinssent à la foi ca-
tholique. Jacques Ier eut la bonté de lui répondre
par une lettre de félicitations. Charles Nodier a
consacré à ce tissu d'extravagances un chapitre
de ses *Mélanges extraits d'une petite bibliothèque.*

Passons légèrement sur un autre ouvrage de
notre auteur : *Les Méditations théologiques sur
le cantique de la Vierge Marie* (Paris, 1614), une
traduction française de la *Cité de Dieu* de saint
Augustin, restée inédite, une épopée non achevée
(et aujourd'hui perdue) dont Thierry d'Anjou é-
tait le héros, et d'autres compositions qui attestent
du moins l'ardeur que Le Loyer apportait au travail.

Signalons parmi les ouvrages qui fournissent
quelques détails sur ce personnage excentrique les
*Mémoires de la Société d'agriculture, sciences et
arts d'Angers*, tome IV, la *Bibliothèque française*
de l'abbé Goujet, tome XV, les *Mélanges extraits
d'une petite bibliothèque,* par Ch. Nodier, p. 323,
la *Bibliothèque poétique* de Viollet Le Duc, tome I,
p. 323, enfin une notice de M. Albert, insérée dans
le *Moniteur de la librairie* (janvier 1844) et dans
le *Bibliothécaire*, journal fondé par M. Quérard,

tome I, pages 10-17. — Les *Annales poétiques*,
tome XII, renferment aussi quelques extraits des
poésies de Le Loyer. Il est fait une mention suc-
cinte des ses productions dramatiques dans l'*Histoire du théâtre* par les frères Parfaict, tome III,
page 375, et dans la *Bibliothèque du théâtre françois*, t. I, p. 209.

                                        G. B.

LA COMEDIE

NEPHELOCOCUGIE

ou

LA NUÉE DES COCUZ

———

1578

AU SIEUR DE LA BROSSE

SONNET

—

Loyer, ce temps est tel, que, qui voudroit escrire
Quelque chose de luy, on luy faudroit mentir,
Ou tost il s'acquerroit un amer repentir :
Amy n'est pas à tous qui verité veut dire,

Et sage est celuy-là qui muët se retire,
Sans faire aucun semblant de seulement sentir
La douleur qu'il conçoit d'ainsi voir pervertir
Le pauvre etat public qui va de pire en pire.

De ceux la patience et le conseil je loüe
Qui bellement, tandis que la farce l'on joüe,
Vont, attendant la fin, à l'ecart se ranger,

Dont je te loüe aussi, de qui la douce Muse
A rire en tes Cocus gaillardement s'amuse,
Sans estre ny flatteur ny te mettre en danger.

Jacques le Gras.

AU DOCTE ET BENEVOLE LECTEUR

Amy Lecteur, je n'avoys point deliberé de mettre
en lumiere cette Comedie, ou plustost le jeu de ma
jeunesse, si mes amys, auxquels familierement je
l'avois monstrée et communiquée, ne m'eussent
souvent importuné, voire presque contraint de ce
faire, m'asseurans qu'elle seroit bien venue en ton
endroict, et que tu excuserois ayzement quelques
petites gentillesses lascives meslées avecques
choses serieuses et doctes, lesquelles autrement
ayant versé aux bons livres tu doibz excuser, at-
tendu que j'ay imité en cecy un poëte grec, qui a
traitté, peu s'en faut, pareil argument au mien. Le
Grec que je dis, c'est Aristophane comique, les
escriptz duquel te sont assez connuz, veu le prix
qu'on en faict et le degré où ils sont colloquez. Et
jaçoit que Plutarque ne les estime pas et les
compare (au livre de la comparaison de Menandre
et d'Aristophane) aux amorces lubriques d'une
paillarde eshontée, si peus-je appeler de luy,
avecques raison, comme d'un juge suspect et re-
cusé, d'autant qu'il estoit philosophe, et que, comme
philosophe, il portoit mauvaise affection aux escritz
de ce poëte, lesquels sont farcis et pleins de risées
et mocqueries de Socrate et de son compaignon

Cherephron, Diagore, Thales et autres de mesme
farine, mesmes (comme dict Lucian en son traitté :
PROMETHEUS EN LOGOIS) qu'il n'y avoit rien si
contraire ensemble comme la vieille Comedie et la
Philosophie. Pour cette cause il faut chercher
quelqu'un qui, sans avoir esté partial, ait peu juger
dudict Aristophane et de ses escriptz à la verité.

Et trouverons sainct Jean Chrisostome, autheur
approuvé de l'Eglise, et qui a tant composé d'œuvres
et d'homelies grecques, et de si sainctes instructions
à nostre vie, estre vrayment celuy en l'opinion
duquel nous debvons arrester et subsister. Ce grand
personnage, outre qu'il portoit tousjours, comme on
dict, le livre d'Aristophane entre ses mains, l'a, en
plusieurs endroictz de ses livres et homelies, cité,
triant et eslisant les plus belles et graves sentences
de ce docte Poëte, et les accommodant au subject
qu'il traitte. Nous avons entre les mains les œuvres
presque toutes de ce Théologien qui en feront foy.
Ciceron a traduict plusieurs sentences de ce Poëte,
comme entre autres celles-cy, l'une au Plute :
PATRIS GAL ESTI PAS'EN AN PRATTE TISEN (*Patria
mea ubicumque bene.*) ; l'autre aux freslons : ERDOI
TIS HEN ECASTOS EIDEIE TECHNEN (*Quam quisque
novit artem in hac se exerceat.*)

Platon, en son Banquet, où l'Amour entre les
convives disputans luy faict avoir le premier lieu,
luy faict prononcer des discours graves et ardus, et
monstre assez comme il estoit estimé entre les
siens. Je diray davantage que la nouvelle Comedie
(dont Menandre estoit le Prince, et duquel Plutarque
susdict faict tant de cas) n'a pris son invention
d'autre que d'Aristophane, ainsi que dict celuy qui
a escript sa vie, duquel voicy les motz à peu près

traduicts en nostre langage françois. Estant la
vieille Comedie du tout deffendue, pource qu'elle
reprenoit nommément les hommes et leurs vices,
et ne voulant Aristophane pour tout cela cesser, il
inventa une autre sorte de Comedie qui voiloit et
figuroit les desbordemens et passions des hommes,
et en feist l'essay premierement sur la Comedie
intitulée Cocale, qui est perdue, et son Plute, qui
encores nous reste. De ces deux Comedies prindrent
leur modelle Menandre, Philemon, Apollodore, Di-
phile et autres à composer les leurs, lesquelles ont
depuis imité les Latins, et depuis noz François,
Italiens et Hespagnolz. Mais je n'ay pas entrepris
de descrire particulierement les loüanges de ce
Poëte, pour lesquelles ne suffiroit un livre gros et
entier, à les recueillir toutes de ce qu'il a composé.
Ce que j'ay amené, et assez prolixement discouru,
c'estoit pour tomber sur le propos de l'imitation que
j'ay faite en ma Comedie de ce Poëte, à sçavoir de
ses Oyseaux, en accommodant en particulier sur
une sorte d'oyseaux ce qu'il a fait en general sur
tous; reprenant les volages et inconstans espritz de
son temps, et comme luy accusant aussy les affec-
tions et vicieuses passions des hommes, et les vains
tourmens d'une chose qui ne leur touche rien, quoy
qu'ilz disent, ny à leur honneur, ny à leur reputation,
avecques telle modestie et temperance toutesfois,
que sans taxer nommément quelqu'un, je semble
plustost suivre la nouvelle Comedie que la vieille,
et si je taxe un tel abus qui jusques aujourd'huy
occupe noz fantasies, je les taxe en commun,
tellement qu'il n'y a homme aucun tant rebarbatif
et fantastique soit-il, qui y puisse prendre pied et
qui doibve penser y estre taxé. Que si quelques

Catons vouloient censurer mon livre pour estre lascif, je leur diray ce qui fut dict à Caton, qui estoit allé voir la celebration de la feste de la Deesse Flore, où la jeunesse se licencioit de faire choses un peu folles, *Id circo venisti ut statim exires*.

Aussi vous, Catons, voulez lire mon livre afin de le reprendre. Ne le lisez, ainsi ne vous fera-il point de mal au cerveau ; et si vous le lisez, ne le reprenez point, ains plustost excusez la licence qui estoit permise en la vieille Comedie de se railler et se gaudir assez lascivement ; et si j'en use, estimez que c'est avec mon patron Aristophane, jaçoit qu'en ma lasciveté j'ay tel respect que je ne tranche point les mots que les Latins ont appelé *prætextata*, et lesquelz Aristophane, sans aucun esgard, prononce pour esmouvoir risée aux spectateurs, ains je les figure par circonlocutions et parolles ambigues, et à deux ententes, observant partout ce que les Grecz appellent PRÉPON, et sçachant bien à quelles personnes j'accommode mes parolles, et les continuant ainsi depuis le commencement jusques à la fin, selon les preceptes d'Horace, comme tu verras par le fil de la Comedie, laquelle si je n'ay divisée par actes et par scenes, j'ay en cecy suyvi Aristophane qui n'en faict point, mais au lieu il y a des Chœurs, des Parabases, des Epirrhemes et des Pauses, qu'appelle Aristophane : KOMMATIA, par lesquelles sont distinctz et divisez les actes et scenes, que depuis on a introduicts en la nouvelle Comedie.

« Lors que le cœur s'enfuit depité,
« Estant le droict de mal parler osté. »

Ainsi que dict Horace en son Art poétique. Et

afin que tu sçaches quelle forme on tenoit aux
Chœurs en la vieille Comedie, ce ne sera point hors
de propos de t'amener ce que l'interprete Grec de
nostre Poëte Aristophane en dict :

« Le chœur comique (dit-il) est faict de vingt
et quatre hommes, et si le chœur vient comme de la
ville dedans le théâtre, il entre par le costé senestre
de l'eschaffaut, et s'il vient comme des champs,
il entre par le costé droict, en figure triangulaire
regardant sur les spectateurs. Or se retirans les
joüeurs, sept fois il se tournoit, se pourmenant de
l'un et de l'autre costé du théâtre. Et s'appeloient
telles sortes de danses, la premiere par l'appella-
tion de son genre, la seconde Parabase ou Digres-
sion, la troiziesme estoit dicte la longue ou PNIGOS,
la quatriesme Strophe ou Ode, la cinquiesme Epir-
rheme, la sixiesme Antistrophe ou Antode, la
septiesme Antepirrheme. » Puis il adjouste : « Il y a
quatre parties de la Comedie ancienne, la premiere
c'est le prologue, qui s'estend jusques à l'entrée du
chœur, la seconde le chœur, ou les chants du
chœur, la tierce s'appelle EPEISODION qu'on ne
peut dire en un mot françois ains en deux (après
l'entrée), et est au milieu du premier et du second
chœur ; la quatriesme c'est la sortye, et est à la
fin du chœur. »

Voylà ce qu'en dict l'interprete. Quant est de
l'interpretation de Strophe, Antistrophe et Epode,
je te diray en deux motz ce que j'en ay leu dans
l'interprete de Pindare. Voyci doncques ce qui s'en
peut recueillir d'iceluy. La Strophe estoit, quand
le chœur en ses danses se tournoit de la partie
dextre en la partie senestre, à la proportion et
analogie du mouvement des Cieux, lesquelz se

tournent de l'Orient en l'Occident. Car les parties
Orientales par Homere, en son douziesme livre de
l'Iliade, sont figurées par la partie dextre, et les
Occidentales par la senestre en ces vers :

EIT' EPI DEXI' IOSI PROS EO T' EELIONTE
EIT' EP' ARISTERA TOIGE POTI ZOPHON ÉEROENTA.

(*Iliade*, XII, 239-240.)

L'Antistrophe, quand ledict chœur se tournoit de
la partie senestre en la dextre, à la proportion et
analogie des Planettes qui se tournent de l'Occident
en l'Orient; et l'Epode, quand il s'arrestoit sans se
mouvoir et bouger de son lieu, à la proportion
aussi et analogie de la terre, laquelle asseurée en
son poix et sur son centre, où toutes choses pesantes
s'arrestent, ne bouge de son lieu et ne se mouve
jamais. Le premier qui usa doctement et proprement
en nostre langue françoise de Strophes, Antistrophes
et Epodes, ce feut Ronsard, les accommodant en la
louange de noz Princes, comme par un Panegyrique
qui se doit faire en une assemblée de peuple, telles
qu'estoient les assemblées des Jeux Olympiques,
Neméés, Istmiques et Pythiques. Ceux qui après
les ont accommodées autrement à leurs fantasies,
monstrent s'estre joüez de leur peine et n'avoir
entendu aucunement les escriptz des Grecz. Quant
à moy, je m'en suis servy assez passablement en ma
Comedie, sans vouloir trop me vanter, et ay faict
et entrepris chose qui jamais n'a esté veüe en
France, ramenant comme du tombeau la vieille
Comedie, et essayant de la faire revivre entre les
François, en coupant et tranchant ce qu'elle avoit
de vicieux. Et si j'ay esté heureux, je le sçauray

mieux comprendre, entendant que je t'auray peu
plaire, et que tu me recepvras d'aussi joyeux visage
comme je desire, amy lecteur, employer librement
ma peine où je verray que je puisse te servir, et à
la France, à laquelle si peu que j'ay d'erudition je
dois rapporter, et comme un loyal debteur je luy
rendz, et rendray toute ma vie. A Dieu, Lecteur.

AU MESME LECTEUR

ADVERTISSEMENT

———

Tu verras, Lecteur, en oultre, comme en ma
Comedie j'ay inseré souvent un systeme que je
nomme entrecoupé, et tu doibs sçavoir que systeme
en grec n'est autre chose qu'une constitution de
vers semblables de quelque sorte qu'ilz soient,
Heroïques, Elegiaques, Iambiques, Alceïques, Sa-
phiques, et infinis autres, ainsi que dict Hephœstion.
Or il y a deux sortes de systemes; l'une est continue,
comme les vers de Virgile, d'Horace, d'Homere, et
Callimaque, et autres Poëtes heroïques, qui, par
une mesme sorte de vers depuis le commencement
jusques à la fin, continuent leur subject encom-
mencé. L'autre est coupée et est mise au milieu
d'autres vers differens comme d'une Ode, Strophe
ou d'un parler de chœur, ainsi qu'on voit dans
Sophocle, et mesmes dans Euripide corrigé par ce
docte flamand Guillielmus Canterus, disciple de
Monsieur Dorat, et finablement dans Aristophane,
dont j'ay suivy l'imitation.

Devant que je finisse, j'adjousteray que tu ne doibs trouver estrange si j'ay mis les chantz du Cocu et de la Caille, usant mesmes des propres motz inventez par Aristophane. Je sçay que quelques envieux s'en sont mocquez, les leur ayant communiquez assez amiablement et familierement, et ce que je trouve plus estrange, ça esté en derriere n'en osant rien dire devant moy. Quant à moy, je mesprise telz ignorans que ceux là coustumiers à se mocquer de ceux auxquelz ilz sont du tout dissemblables en mœurs et en doctrine. Et proteste que je feray si bien à l'advenir en dépit de leur envie et ignorance, qu'ilz seront contraintz de crever. Quant à toy, benin Lecteur, tu peux bien penser que j'eusse assez corrigé ce qu'ilz ont repris, ayant, grace à Dieu, la lime pour ce faire, et sans me vanter pouvant me servir ayzement de l'outil des Grecs et des Latins. Mais j'ay mon autheur Aristophane qui me deffend, et s'ilz le reprennent, qu'ilz reprennent aussi toute nostre posterité, qui a tant approuvé et gardé ce Poëte, que les autres comiques grecs estans perdus par l'injure du temps, iceluy seul nous est resté, comme gardé du naufrage par la diligence de ceux qui avoient ses escriptz en reverence.

SONNET

A SON LIVRE

Mon Livre, mon Enfant, je t'ay assez gardé,
Va, laisse maintenant mon estude secrete,
Et te rends des sçavans d'une audace discrete
Familier, favory, connu et regardé.

Que si quelque envieux en rage débordé
Avec un haussebec se rit de ton Poëte,
L'accusant que sa Muse est folle et indiscrete,
De ces mots tu tiendras son langage bridé :

Mon Pere, qui ces vers escrivit pour s'ebattre,
Sçavoit au style grave autant comme au folastre,
Sa Muse composer s'il en avoit desir.

Mais voyant qu'en la France autre subject plus brave,
N'est commun aujourd'hui que celui qui est grave,
Il a mieux desiré le folastre choisir.

ARGUMENT

PAR ACROSTICHE

Laissent deux hommes vieux le lieu de leur naissance
Et cherchent des Cocus la belle demeurance,
Sont recueilliz par eux et leur vont à parler,
Comme ilz iront bastir une ville dans l'air,
Où ilz feront subjectz les Dieux avecques l'homme.
Chacun se met en œuvre, et l'œuvre se consomme ;
Vient l'homme le premier, et les Dieux, my-vaincus,
Se rendent en après les vassaux des Cocus.

PERSONNAGES DE LA COMEDIE

Genin, *vieillard.*
Le Tiercelet, *serviteur de Jean Cocu.*
Caille-Coiffée, *femme de Jean Cocu.*
Cocu-Mitré, *sacrificateur.*
Le Garde.
L'Astrologue.
Le Sophiste.
Le Heraut des hommes.
Le Soldat.
Promethée.
Hercule.
Cornard, *vieillard.*
Jean Cocu, *oyseau.*
Roy des cocus.
Chœur des oyseaux cocus.
Le Poëte.
L'Alchemiste.
Le Messaiger.
Iris, *Deesse.*
Chicanoux.
L'Enfant de la matte.
Neptune.
Mercure, *messager des Dieux.*

LA COMEDIE

NEPHELOCOCUGIE

GENIN *commence*

Je suis douteux quel chemin je retienne
De ces deux-cy.

CORNARD

Ah ! beste arcadienne,
Tu te vantois de me conduire bien.

GENIN

Ce chemin est fourchu, Dieu sçait combien;
Ne sçays-tu pas qu'une voye fourchüe
Est bien souvent de dure retenüe ?

CORNARD

Comment cela ?

GENIN

J'en appelle au besoing
Le cas fourchu de ta femme à tesmoing.

CORNARD

Et de la tienne ?

2

GENIN

Autant et davantage.
Nous sommes nez tous deux au cocuaige,
Pour telz censez, reputez et tenuz,
Tous deux cornards, encornez et cornuz.

CORNARD

Mais cependant, quel chemin faut-il querre ?

GENIN

Marche, crains-tu que te faille la terre ?
Voy ce Corbeau qui croasse sans fin,
Demande-luy, si tu veux, le chemin.

CORNARD

Est-il saison de railler à ceste heure
Qu'il fault marcher ?

GENIN

Veux-tu doncq'que je pleure ?
Je n'en ay point de vouloir quant à moy,
Bien que je soys aussi fasché que toy,
Que je ne voy quelque homme en nostre voye,
Qui au chemin le plus droict nous envoye.

CORNARD

Ceste contrée est deserte à la voir,
On n'y peut pas la trace appercevoir
D'hommes aucuns, sans plus en ces bocaiges
Divers oyseaux degoisent leurs ramages.

GENIN

En mon esprit un moyen m'est venu
Dont j'apprendray ce chemin inconnu :

Divin flascon qui tiens la douce goutte,
Entre en ma bouche et m'asseure du doubte
De ces chemins incertains et divers ;
Par maintz travaux, par maintz ennuys souffertz,
Espointz des maux qui nostre cœur incitent,
Nous en allons où les Cocus habitent ;
Là les destins, d'un arrest ordonné,
Nous ont promis un repos fortuné.
O le bon vin, le vin a une oreille !
Je sens desjà que je diray merveille.
Allons tout droict, nous ne faudrons jamays.

CORNARD

Tu parles bien, ton oracle j'admetz ;
Si nous eussions, malheureux et infâmes,
Cheminé droict sur le corps de nos femmes,
Ayans le manche, et l'outil tousjours prompt,
Nous n'aurions pas deux cornes sur le front.

GENIN

C'est nostre faute, et quand bien tout je sonde,
Il n'y a rien si equitable au monde
Comme la femme, à qui en tout endroict
Autre vertu ne plaist tant que le droict.

CORNARD

Nous esgarons en ces propos obliques,
Lesquelz nous font dolens et fantastiques,
Partant, marchons, sans plus nous arrester :
Mais en allant je te supply conter
Aux spectateurs, qui longtemps le desirent,
Quelz sont les maux qui cruelz nous martirent,
Qui en est cause, et pourquoy et comment
Nous est venu nostre premier tourment.

GENIN

Je le diray, mais devant je proteste
Que cela m'est bien fascheux et moleste.

CORNARD

Qui va comptant à autruy ses douleurs,
« Il allentist la pluspart de ses pleurs ;
« En le celant nostre mal se renforce,
« Et l'esventant il demeure sans force. »

GENIN

Depuis le temps que Jupin irrité
Du larrecin de ce fin Promethé,
Nous envoya afin de nous mesfaire
La femme, helas ! nostre mal necessaire,
Ce feut alors que tout genre de maux,
D'ennuys, de soings, de penibles travaux,
Que la famine, et la peste, et la guerre
Ont fourmillé par elle dans la terre,
Plus dru cent fois qu'on ne void aux espis,
Parmy les champs, courir maintes fourmis,
Et aux jardins la diligente avette
Couvrir autour le front d'une fleurette.
La femme est cause, ô genre trop maudit !
Que le peché est seul en grand credit,
Ayant si fort sa racine profonde,
Qu'il en remplist l'enfer, la terre et l'onde ;
D'elle est l'orgueil, d'elle est la passion
Qu'on nomme amour, d'elle l'ambition,
L'ire, la rage et l'aspre frenaisie
De cocuaige et de la jalouzie.
Dès aussitost qu'elle a un peu gousté
Aux hameçons cachez en volupté,
Elle s'y prend, et sans raison ny bride,
Court eshontée où sa teste la guide,

Ne cherchant rien, d'un courage esperdu,
Que son plaisir mechant et deffendu.
Comme un chancreux, si on n'y remedie,
De plus en plus nourrist sa maladie
Qui ne luy donne aucunement repos
Jusques à tant qu'elle ayt mangé ses os,
Et consumé d'une fureur cruelle
Tout le meilleur de sa tendre mouëlle ;
Et comme un ver qui au chesne se prend,
Plus il y est, plus vermoulu le rend :
Ny plus ny moins la volupté damnable
Se rendant d'elle une foys accostable,
Et luy ayant ses faux plaisirs appris,
Suce son cœur, aveugle ses espritz,
Va allumant de sa brillante flamme
Les fols pensers du cerveau et de l'ame.
Si d'avanture on la veut empescher
De ne pouvoir tous ses desirs chercher,
C'est lors, c'est lors qu'elle se fait connoistre
Et qu'on luy ouvre une plus grand' fenestre
A se jetter aux vices bien souvent ;
C'est lors, c'est lors qu'elle va controuvant
Mille moyens tant sa rage l'incite
A pourchasser une chose illicite.
Heureux celuy qui ne connoist le mal
Que donne à l'homme un si fier animal ;
Il vit tout franc d'un dangereux servage,
Il n'a le nom de sot pour apanaige ;
Le front levé, il se monstre en tous lieux,
Sans craindre en rien le nom injurieux
Qui appartient à cil qui tant s'oublie
Que d'esclaver soubz la femme sa vie.
Pauvre chetif ! qui en ces lacz tenu
Est, ou sera, ou doibt estre cornu.
Si nous eussions tous deux esté bien sages,
Sans asservir à ses douceurs volages

Nostre franchise et sans estre appastez
Des vains appastz de ses fresles beautez,
Nous ne fussions cornuz comme nous sommes,
Plustost deux boucz que semblables aux hommes,
Et ne voudrions, tristes et esbahis,
Quitter ainsi nostre propre païs ;
Mais si fault-il apprendre la science
En enrageant de piller patience,
Et malgré nous noz douleurs oublier,
Puisqu'on ne peult plus y remedier.
« Où il n'y a point remede d'abattre
« Les durs assaux de fortune marâtre,
« Il fault fuyr par trop se desolant
« De rengreger son malheur violent,
« Et peu à peu par une longue espreuve
« Vestir en soy une nature neuve,
« Qui rien ne craigne et n'apprehende rien,
« Soit que luy vienne ou du mal ou du bien. »
Pour ce, Messieurs, laissans nostre fortune,
Qui nous est trop cruelle et importune,
Je vous diray qui nous ment de venir
Dans le pays des Cocus nous tenir :
Nous sommes nez tous deux d'un mesme pere,
Tous deux sortis du ventre d'une mere,
Qui nous voyans estre vilipendez,
Huez, sifflez, mocquez et regardez.
Pour nostre front, dont la cyme se borne
Deçà, delà d'une bessonne corne,
Avons conclud, pour oster de noz piedz,
Tous les soucys où nous estions liez,
Qu'il valloit mieux delaisser pour ceste heure,
Nostre païs, noz biens, nostre demeure,
Noz bons amys, nos parens et tous ceux
Qui nous estoient ennemys et fascheux,
Et s'en aller où les Cocus se tiennent,
Qui comme nous mesme destin soustiennent,

Ont mesme humeur, mesmes fascheuses nuicts,
Mesmes desirs et non moindres ennüys.
De ces oyseaux nous prendrons accointance
Par le moyen d'un qui nasquit en France,
Qui autresfois, comme nous estonné
De voir son front de deux cornes borné,
Se retira où les Cocus demeurent,
Oyseaux de bien qui benins le reçeurent,
Le feirent Roy et luy meirent en main
Le Sceptre esleu d'un Cocu souverain :
Et maintenant d'une puissance grande,
Comme seigneur aux Cocus il commande,
Estant changé, ains que de commander
En une forme estrange à regarder :
Il n'est oyseau ny homme tout ensemble,
Et toutesfois l'un et l'autre il ressemble :
Il a plumage ainsi comme l'oyseau,
Et comme luy chante au printemps nouveau;
Ce nonobstant, comme un homme il devise,
Il fait, il parle, il propose, il advise,
Il a des mains et aussi des piedz telz
Comme les ont tous les hommes mortelz.
Il crache, il tousse, il pete, il rote, en somme,
Il est semblable au naturel de l'homme ;
Mais il differe en cecy des humains
Qu'il est oyseau et ne l'est neanmoins,
Car sa grande aille estendue à merveille
Monstre qu'il n'a une essence pareille
A l'homme, et moins à un Cocu aussi,
Car le Cocu a le corps tout noircy
D'ailles, de poil, de piedz et de plumage,
Et n'a qu'un bec en lieu d'un beau visage ;
Son corps est moindre et est bien plus leger
A prendre vol que son Prince estranger.
Or, ce grand monstre, ensemble oyseau et homme
Est de Paris et Jean Cocu se nomme;

N'ayant mué rien plus que le surnom
Parceque Jean il a eu tousjours nom;
Et nous, Messieurs, que la fortune exile,
Sommes natifz de Tholoze gentille,
Où Amalthé a longtemps habité,
Et a Jupin là mesmes allaicté,
Non dedans Crete, et pour reconnoissance
Luy a laissé sa corne d'abondance.

CORNARD

Je pense, móy, que nous ne sommes pas
Bien loing du lieu où nous dressons noz pas.

GENIN

Nous verrons bien, or va-t'en et desserre
Deux ou troys coups avecques une pierre
Dedans ce chesne, et crie à haute voix
Pour voir voler les oyseaux de ce boys.

CORNARD

Hau! Jean Cocu!

LE TIERCELET

Qui est là? qui l'appelle?

CORNARD

O Apollon! quelle chose nouvelle,
Certes, je n'eusse oncques pensé cecy
Que les oyseaux eussent parlé icy.

GENIN

Et si font bien en Tholoze les bestes.

LE TIERCELET

Ne voulez-vous me dire qui vous estes,
Qui demandez à parler à Monsieur?

GENIN

Dis-moy, oyseau, es-tu le senateur
De Jean Cocu, dont la grand' renommée
En toutes partz est aujourd'huy semée ?

LE TIERCELET

Ouy, ouy.

CORNARD

Tout nous vient à souhaist.

GENIN

Mais qui es-tu ?

LE TIERCELET

Je suis son Tiercelet,
Tiré de luy comme une quintessence,
Pour estre mis souz son obeissance.

GENIN

Ton maistre est-il des quintessentiaux,
Changeant en or tous les autres metaux ?

LE TIERCELET

Nenny, mon maistre ignore l'Alchemie,
Mais tout ainsi comme en l'Oyselerie
On va trouvant des oyseaux qui ont nom
Les Tierceletz, d'Autour et de Faucon :
Semblablement aux Cocus se presente
Une autre espece à leur forme approchante,
Qu'on ne dict pas des Cocus proprement,
Ains Tierceletz de Cocus seullement.

GENIN

Doncq, Tiercelet, va-t-en dire à ton maistre
Que doux cornuz, telz que tu nous voidz estre,
Le veulent voir.

LE TIERCELET

Il est pris de sommeil,
Je luy diray soudain à son reveil,
Et non plustost, car je crains sa menace.

GENIN

Mon Tiercelet, je te supply, de grace,
Va l'esveiller.

LE TIERCELET

Je sçay bien qu'il sera
Fort depité quand on l'esveillera,
Mais pour l'amour de vous deux je me charge
D'aller vers luy accomplir ceste charge.

GENIN

Va, mon amy.

CORNARD

Ce Tiercelet icy
A son minois a beaucoup de soucy.
N'as-tu pas veu qu'il a la veuë trouble
Et a le corps maigre comme une escouble ?

GENIN

Ce n'est le soing qui si maigre le rend,
Ains c'est plustost qu'à son repas il prend
Honneur partout aux friandes oreilles,
La Merde d'Oye, ou viandes pareilles.

CORNARD

Laissons-le là, le vilain, qu'il est laid,
Je ne voudroys avoir un tel valet.

JEAN COCU

Sus, ouvrez-moy la Forest, que je sorte.

CORNARD

Voyci ce Jean. Dieux ! quel plumage il porte.
Quelz piedz il a ! quelles mains et quels yeux !
Quel port, quel geste horrible et furieux !

JEAN COCU

Qui estes-vous qui me cherchez ?

CORNARD

Deux bestes,
Comme deux boucz ayans cornes en testes,
Venus exprès pour cosser contre toy.

JEAN COCU

Il semble à voir que vous mocquez de moy.

CORNARD

Non pas de toy.

JEAN COCU

De quoy doucq ?

CORNARD

Il nous semble
Que ton visage et ton plumage ensemble
Cache en un homme un cocu Damoyseau.

JEAN COCU

Estimez-vous que cela soit nouveau ?
Ce grand Tonnant qui, d'un coup de tonnerre,
Peut eslosser, et les Cieux et la terre,
Lequel retient souz son brave pouvoir
Tout ce qu'en hault et en bas on peult voir,
Prs et bruslé en sa tendre poictrine
De la beauté admirable et divine

D'une Junon, se changea finement
En un Cocu pour guerir son tourment
Et pour jouïr d'elle qui estoit fiere
A luy vouloir accorder sa priere.

CORNARD

Et c'est pourquoy sur ton sceptre doré,
Comme un Cocu est Jupin figuré ?

JEAN COCU

Vous dites vray.

CORNARD

Et doncq' Jupin peult estre
De tes Cocus le patron et le maistre,
Estant ainsi dessus ton sceptre peint
Tel qu'il estoit alors qu'il feut contraint
D'aller changer sa divine figure
En un oyseau plein d'estrange nature.

JEAN COCU

Non point, nous seulz portons le sceptre en main,
Où soit gravé un Cocu si hautain;
Dedans Argos, celle qu'engendra Rée,
D'un pareil sceptre a la main decorée,
Pour un seignal que son frere en Cocu
Feut maistre d'elle, et ensemble vaincu,
Et qu'elle feut d'un maistre Cocu faite
D'une pucelle une femme parfaicte.

CORNARD

Ce n'est doncq' pas un peu d'authorité
D'estre Cocu, puisqu'un Dieu l'a esté.

JEAN COCU

Mais, dites-moy, d'où estes-vous ?

GENIN

De France.

JEAN COCU

De quel quartier ?

CORNARD

Où l'on ayme la dance
Plus qu'en nul lieu.

JEAN COCU

Vous estes volontiers,
Comme je croy, tous deux nez de Poictiers.

CORNARD

Un peu plus loin.

JEAN COCU

Où est-ce, je vous prie ?

CORNARD

En une ville ayant pour armoirie
Un blanc agneau, et où les baladins
Grandz piaffeurs, sont appelez Moudins.

JEAN COCU

Je vous entendz, vous parlez de Tholoze.

CORNARD

Vous l'avez dict.

JEAN COCU

Qui vous meut, quelle chose
Vous faict venir en un lieu si lointain ?

GENIN

Le grand desir qu'avons de longue main
De te connoistre.

JEAN COCU

A quelle fin, en somme ?

GENIN

Comme nous deux tu as esté un homme,
Comme nous deux tu nasquis autrefois
De nation et de genre François ;
Et comme nous, en marque d'une beste,
Tu euz jadis deux cornes sur la teste,
Et as esté aussi bien, comme nous,
Mocqué, sifflé, monstré au doigt de tous ;
Et comme nous, plein de melancholie,
Tu as quitté les tiens et ta Patrie :
Par ce moyen, par un accord fatal
Symbolisant tout oultre à nostre mal,
Et comme nous sans différence aucune
Ayant couru une mesme fortune,
Non ignorant de ces divers assaulx,
Tu voudras mieux secourir à noz maux,
Et permettras en meilleure asseurance
Que dans ton bois nous facions demeurance.

JEAN COCU

Je vous reçoy.

GENIN

De mille millions
De grandz mercis nous te remercions,
Te promettans dorenavant de vivre
Dessoubz les Loys qu'il te plaira ensuivre.

JEAN COCU

Vous soyez bien et à propos trouvez
Pour une affaire où tous deux me pouvez
Bien conseiller comme estans avec l'aage,
Pleins de praticque et de prudence sage.

GENIN

Qu'est-ce, dy nous ?

JEAN COCU

    Nagueres dans ces lieux
Le filz de Maie, interprete des Dieux,
Me vint sommer d'aller faire en personne
L'hommage deu, pour moy et ma coronne,
Au Dieu qui faict trembler dessouz sa faux
Par les jardins tous les autres oyseaux :
Je respondy que tout mon cocuaige
Ne tenoit point à foy et à hommage
De ce Dieu là, ains de ma majesté,
Qui y commande en souveraineté,
Et reffusay d'estre soubz la puissance
D'un Dieu tiran contraire à nostre engeance,
Cruel, felon, sans amour, sans appuy
Et le motif de nostre grand ennuy.
Sur mon refus il veut saisir ma terre,
Mais je l'empesche et denonce la guerre
A ce Priape, au cas qu'il me voudroit
Troubler mon sceptre et mon souverain droict.
En peu de motz voylà toute l'affaire :
Et aujourd'huy qu'est-il meilleur de faire,
Ou d'assaillir, ou repousser bien loing
Mon ennemy, si j'en ay le besoing ?

GENIN

Je te diray un moyen bien utile,
Dont promptement il te sera facile

De l'envahir, ou de ne luy faillir,
Si d'avanture il te vient assaillir.

JEAN COCU

Quel ce moyen ?

GENIN

Très-bon, je t'en asseure.
Regarde en bas, que voys-tu à ceste heure ?

JEAN COCU

Rien n'apparoist que la terre à mes yeux.

GENIN

Hausse ton col, qu'avises-tu ?

JEAN COCU

Les Cyeux.

GENIN

Or, entre deux l'air est sis.

JEAN COCU

Je le cuide.

GENIN

Qui est nommé en autre nom le vuide.

JEAN COCU

Vuide ! pourquoy ?

GENIN

Parce qu'il est ouvert,
Qu'il est tout vacque et qu'il est tout desert.
Mais si tu veux me croire en une chose,
Fais-y bastir une ville bien close

Et bien garnie autour de toutes partz
De boulevertz, de tours et de rempartz,
Et y demeure, et toute la grand' bande
De tes Cocus auxquelz Roy tu commande.
En ceste sorte estant fortifié
De murs, de gens, tu iras sans pitié,
Escarbouillant plus dru que la tempeste,
A gros cailloux de Priape la teste.
Et quand les Dieux le pourroient secourir,
Ilz n'oseroient de crainte de mourir
De male faim.

JEAN COCU

Comment cela ?

GENIN

Sans doubte,

Il adviendra, et m'entendz bien.

JEAN COCU

J'escoute.

GENIN

Dedans le ciel les grandz Dieux immortelz
Vivent d'odeurs qui montent des autelz
Parmy l'espace où sera vostre ville :
Si doncq' les Dieux, d'une audace inutile,
Vouloient monstrer contre vous leurs fureurs,
Vous humerez leurs friandes odeurs,
Comme d'un coup en humant on avalle
Au desjeuner les huitres en escalle.

JEAN COCU

C'est bien parlé, j'en jure les grandz Dieux,
Jamais un Dieu ne m'eust conseillé mieux,
Et je feray ceste ville construire,
Si aux Cocus je voy la chose duire.

GENIN

Qui leur dira ce que j'ay proposé ?

JEAN COCU

Ce sera toy qui es mieux advisé
Et mieux instruict aux affaires plus rares
Que nous, Oyseaux ignorans et barbares.

GENIN

Je ne voy point de tes Cocus en l'air ;
Où sont-ilz tous ?

JEAN COCU
Je vay les appeler.

ODE

JEAN COCU

Dieu Delien qui presides
Sur les plaines Parnassides,
Qui accordant à ta voix
Le luth guidé de ton pouce,
D'une harmonie si douce
Esmeuz les rocz et les boys ;

Que les neuf seurs immortelles,
Les Muses, chastes pucelles,
Suivent alors qu'elles vont
Caroller dans une plaine,
Ou au bord de la fontaine,
Qui jallist dessus leur mont ;

Viens, Apollon, je t'appelle,
Donne-moy une voix belle,
Pour faire venir à moy
Mes Oyseaux, qui par le vuide
Suivront ma voix comme guide,
Pour les conduire à leur Roy.

Systeme entrecoupé

CORNARD

O douce laugue! ô gorge doucereuse!
Combien elle a sa voix harmonieuse,
Ayant esmeu en un moment de temps
Tout ce grand boys de ces chantz esclatans!

GENIN

Paix, parle bas.

CORNARD

Dis-moy, qu'y a-t'il ores?

GENIN

Ne veux-tu pas donner silence encores?
Ce Jean Cocu se veult jà apprester
Pour aultres chantz tous nouveaux nous chanter.

STROPHE OU ODE

JEAN COCU

Coku, Coku, Coku, Coku:
Tous mes Cocus à moy s'en viennent
Qui espars dans ce boys se tiennent:
Coku, Tacoku, Tacoku:
Sus, sus, que chacun d'eux s'envole,
Branlant ses deux ailles en l'air.
Tous, tous, viennent vers moy voler,
Cherchans le vent de ma parolle,
Comme à ce faire ilz sont instinctz.
Coku, Coku, Torolilings.

STROPHE OU ODE

Coku, Coku, hastez-vous,
Hastez-vous de venir tous,
Ou soit que dessouz l'ombrage,
Desgoisant vostre ramage,
Sur un rameau vous perchiez ;
Ou qu'en la terre couverte
De gazons et d'herbe verte,
Vostre pasture cherchiez ;
Ou que soyez aux bocages,
Où l'on ne void pas de trac
D'hommes et bestes sauvaiges.
Cokou, Cokou, clac, clac, clac.

STROPHE OU ODE

Deux vieillardz experimentez
Tous deux aux affaires des hommes,
Se sont de leur terre absentez
Pour venir aux lieux où nous sommes ;
Ilz veulent monstrer le moyen
Comme nous donnerons la chasse
A nostre ennemy ancien,
Le Dieu adoré dans Lampsace.
Cokou, Cokou, Cokou, Cokou,
Cokou, Tacokou, Tacokou.

EPODE

Accourez en diligence,
Vous orrez leur eloquence,
Qui coulle plus doux que miel ;
Accourez tous d'une bande,
Et de vostre suitte grande
Embrunissez tout le Ciel.

CORNARD

Voys-tu en l'air aucun Oyseau qui vienne?

GENIN

Je ne voy rien, ores que je me tienne
Fiché en haut, regardant parmy l'air,
Si je verray quelque Cocu branler.

CORNARD

Je suis aussi beant emmy la nuë,
En attendant des Cocus la venue.

GENIN

Si ne sont-ilz desmeshuict gueres loing,
Car Jean Cocu se taist, et n'a plus soing
De gringotter sa chanson Cocuante,
Ains accrouppy aux escoutes se plante.

CORNARD

Je voy, je voy un Oyseau maintenant,
Qui parmy l'air ses ailles demenant,
Haste son vol, et semble à sa vistesse
Que devers nous sa volée il addresse.
Le vois-tu bien?

GENIN

Ouy, c'est un Oyseau
Tout tannelé des couleurs d'un corbeau,
Fauve, cendré à la queuë avalée,
Couverte en long de plume grivelée :
C'est un Cocu, ou je suis grandement
Circonvenu en mon entendement.

CORNARD

Nous le sçaurons de Jean Cocu, beau sire,
Qui sans faillir nous le pourra bien dire.

Dis, Jean Cocu, nous voudrions sçavoir
Qu'est cest Oyseau ainsi marqué de noir ?

JEAN COCU

C'est un Cocu.

CORNARD

Comment, un Cocu ?

JEAN COCU

Voire.

CORNARD

Tes beaux Cocus ont doncq' la plume noire,
Grise, tannée et grivelée aussi ?

JEAN COCU

Non tous Cocus, ains seullement ceux-cy,
Qui sont nyays, vivant toute l'année
Dedans leur nid qui est la cheminée,
Dont cestuy-là en est un bien parfaict,
Nyays Oyseau et nyays par effaict,
Gros enfroigné, gros tendrier inutile,
Tout renfroigné, tout sot, tout mal habile,
De tous plaisirs retraint et desnué,
Un lourd vilain, un Cocu cocué.

GENIN

J'en voy encore un autre qui luy semble,
Et de plumage et de couleur ensemble,
Sinon qu'il a comme une mitre au front.

JEAN COCU

Aussi est-il de ces Cocus qui sont
Oyseaux de marque et prisez davantaige,
Pour avoir sçeu que c'est que Cocuaige ;

Qui, entre nous, pour estre mieux monstrez,
Sont en leur front de nature mitrez;
Cocus pondus en semence et en herbe,
Qui vont croissant en espy, et en gerbe.

CORNARD

En terre doncq' ilz ont esté tapis,
Puisqu'ilz sont nez en herbe et en espis.

GENIN

Ne voidz-tu point un autre Oyseau encore,
Frizé au front d'un beau poil qui le dore,
Oyseau si vif, si prompt, si remuant?

JEAN COCU

C'est un Oyseau qu'on nomme Cocuant,
Le plus gaillard, le plus fin que je pense
De tout Oyseau de mon obeissance;
Il est subtil, il est prompt et leger,
Il suict le vent comme Oyseau passager,
Il vit de proye, et bien souvent encore,
Las de voler sur un arbre il s'essore;
Il peult le poing aizement endurer,
Et si est bien plus facille à leurrer,
S'il void de loing une chair vive et belle.

CORNARD

En mes ans verdz j'euz la nature telle,
Quand me jettant sur les champs à l'escart,
J'avois jà pris l'essor en quelque part,
Si je voyois une chair vive et nette,
Non corrompue ou pourrie et infaicte,
Haussant mon aille et mon corps allongeant,
J'allois mon bec dessus la chair plongeant,
Et me leurroient les pucelles tendrettes,
Qui par plaisir branloient mes deux sonnettes,

M'apprivoysoient et avoient bien le soing
De me porter quand il estoit besoing :
Et quand j'estois perché un peu sur elles,
Souple et dispos je dressoys mes deux ailles,
Mais maintenant que je debviens chenu,
Je suis aussi tout pantoys devenu.

GENIN

O Dieux puissans ! à quelles troupes fortes
Viennent icy Cocus de toutes sortes,
Gras, amaigris, gresles, carrez et rondz,
Grandz et petitz, trappus, menus et longs,
Noirs, pers, tannez, cendrez, rouges et garres,
Jaunes, blancs, roux, marquetez et bizarres :
De leur haut vol en long ordre espaissy,
Ilz vont rendant tout le Ciel obscurcy,
Et de leurs cris tout ce boys s'en estonne,
L'air retentist et Echon en resonne.

CORNARD

Ilz sont prochains, et à les voir crier,
Il sembleroit qu'ilz vueillent deplier
Contre nous deux leur rage et leur audace;
Plus ilz sont près, plus j'entendz leur menace,
Et plus je voy qu'ilz regardent sur nous.

CHŒUR

Que vous plaist-il, Sire, que voulez-vous ?
Nous voyci prestz tous ensemble de faire
Ce que verrez qui vous soit necessaire.

JEAN COCU

Non pour moy seul, mes subjectz, seullement,
Ains pour vous tous, et moy esgallement,
Je vous ay faict assembler pour vous dire
Ce qui concerne au bien de nostre Empire.

CHŒUR

Qu'y a-t-il, Sire ?

JEAN COCU

A ceste heure, en ces lieux,
Sont devers moy venus deux hommes vieux,
Qui m'ont instruict comme il faut que j'attrape
Nostre ennemy, ce viedaze Priape.

CHŒUR

Où sont, où sont ces hommes ennemys ?
D'où viennent-ilz, et qui leur a permis
De s'addresser dans noz bois en la sorte,
Veu mesmement la haigne qu'on leur porte,
Où sont, où sont, où sont-ilz ?

JEAN COCU

Les voicy,
Ilz sont tous deux auprès de moy icy,
Et ont laissé le païs de la France,
Qui est le lieu où ilz prindrent naissance,
Pour s'en venir avec nous habiter.

CHŒUR

Ferez-vous bien un tel acte damnable ?

JEAN COCU

Je le feray et l'ay pour agreable,
Ne dittes plus ny pourquoy, ny comment,
C'est mon plaisir, c'est mon commandement.

STROPHE

CHŒUR

Nous sommes, nous sommes trahis,
Noz haineux nous ont envahis

Par le moyen de nostre Prince,
Lequel nous debvant soustenir,
Faict, ingrat, les hommes venir
Pour destruire nostre Province ;
Il nous veult mettre entre les mains
De noz ennemis inhumains,
Les hommes, ses freres antiques,
Les hommes, si fiers animaux,
Nez à nous faire mille maux
Par leur dol et fraudes iniques.

Systeme entrecouppé

Laissons ce Roy tout remply de malice,
Tiran cruel, digne de grief supplice,
Qui nous trahist, qui avons esté siens,
Tout en un coup : et de corps et de biens
Ne luy portons jamais obeissance,
Et toutes fois prenons, prenons vengeance
De ces vieillardz malheureux et mauditz,
Qui ont esté si osez et hardis
Que d'espier le bois qui nous enserre,
Pour nous dresser une mortelle guerre.

GENIN

Nous sommes mortz.

CORNARD

Il falloit bien courir
Vers ces Cocus pour nous faire mourir !
C'est faict de nous, je ne voy point de plage
Où nous puissions nous sauver de l'oraige ;
De toutes partz mille Cocus nous vont
Environnant aux costez et au front,
Et à la queuë, et ne sçaurions tant faire
Que nous puissions de leurs trouppes distraire.

GENIN

Sçays-tu que c'est ? Il ne faut craindre rien,
Car j'ay trouvé un fort subtil moyen
De les chasser s'ilz vont haussant leur creste :
C'est que dressant noz deux cornes en teste,
Et aiguisant noz ongles comme il faut,
Nous resistions à leur cruel assaut ;
Et le premier qui nous voudra combattre,
Que promptement on ne faille à l'abattre
Dessoubz les piedz, et pour besongner mieux,
Qu'à coups de corne on luy creve les yeux.

STROPHE

CHŒUR

Enfermons de tous costez
Ces deux vieillardz rassottez,
Tous pleins d'astuce et d'injure ;
Sus, que noz grandz becs pointus
Rendent leurs corps abattus,
Pour nous servir de pasture.
Dressons noz ailles en haut :
Alarme, alarme, à l'assaut,
Ayons les deux griffes prestes,
Et de corps, de piedz, de testes,
Enfonçons-les sans frayeur ;
Ilz sont à nous, ilz ne taschent
Qu'à chercher où ilz se cachent
Pour fuir nostre fureur.

CORNARD

Où m'enfuiray-je ? où iray-je à ceste heure ?
Ah ! malheureux, faut-il donc que je meure ?

GENIN

Ne t'ay-je dict qu'aizement nous pourrons
Fendre, assaillir, chasser leurs escadrons ?
Laisse ta peur.

CORNARD

       Je n'ay point de fiance
Que nous puissions faire grand' resistance ;
Ilz sont plus fortz que nous deux mille foys,
Et de pouvoir evader de ce boys,
Nous ne sçaurions, quelque effort que tu tente.
Qui faict qu'au cœur j'ay si grande espouvante,
Que si n'estoit de honte que j'aurois,
De male peur tout je m'incagnerois.

CHŒUR

Donnons dessus, et sans craindre la vie.
Frappons, ruons, rompons tout de furie ;
Allons les joindre, et de noz ongles tortz,
Fendons, tuons, ecorchons-leur le corps.

GENIN

Si vous venez, Oyseaux, je vous appreste
Sur vostre chef une horrible tempeste ;
Ne m'espargnez, affin qu'à vostre tour
Vous recepviez à beau jeu beau retour.

JEAN COCU

Dittes, Cocus, quelles fureurs cruelles
Erre au profond de voz tendres mouëlles ?
Mechans Oyseaux, que pensez-vous songer ?
Voudriez-vous bien deux vieillardz saccager,
Qui n'ont jamais offensé vostre race,
Ny de propos, d'effect ny de menace,
Ainçois tousjours tandis qu'ilz ont vescu
Ont honoré le beau nom de Cocu ?

CHŒUR

Vous perdez temps, il est autant possible
Que nostre cœur de rage soit paisible,
Qu'il est possible entre les grandz trouppeaux
Des gras moutons et des petitz aigneaux,
Que le loup puisse empescher sa furie
Et s'en aller hors de la bergerie.

JEAN COCU

Mais s'ilz vous sont de nature ennemys
Et qu'ilz vous soient en leur pensée amys,
Estans venus pour service vous faire,
Voudriez-vous bien les meurtrir et deffaire ?

CHŒUR

Quoy ? pourrions-nous aucun service avoir
Des hommes promptz à tousjours decepvoir,
Malings, ruzez et ayans davantaige
Faict à nous tous et maint et maint outrage,
Les ennemys les plus pernicieux
Qu'ont eu jamais noz anciens ayeux.

JEAN COCU

Ilz vous don'ront conseil en voz affaires.

CHŒUR

Comment peut-on de ces grandz adversaires
Prendre conseil ? Ce seroit pour neant,
Et ne seroit utile ne seant.

JEAN COCU

« Si pouvez-vous, en le voulant entendre,
« Beaucoup de bien de l'ennemy apprendre,
« Dont le conseil quelquefois est plus sain
« Que n'est celuy de nostre amy certain :

« Car nous prenons vivement par l'oreille,
« Ce que l'amy nous dict, et nous conseille,
« Ne regardans s'il a bien, ou mal dict,
« D'autant qu'il est entre nous en credit,
« Et qu'il est creu de tout ce qu'il propose :
« Mais du haineux c'est bien une autre chose,
« Car s'il nous va conseillant nostre bien,
« Nous regardons, devant qu'en faire rien,
« S'il a bien dict, s'il y a apparence
« En ses propos de quelque vray-semblance,
« Et qui l'esmeut, à quelle occasion,
« Quel est son but, et son intention,
« Encor enfin il est en nous d'eslire,
« Si nous debvons prendre ou laisser son dire,
« Non de l'amy, qui se sent mesprisé,
« Si comme luy son conseil n'est prisé. »

CHŒUR

S'il est ainsi qu'aux ennemis on treuve
Quelque conseil, nous en ferons l'espreuve;
Arrestons-nous, et cessons peu à peu
Nostre courroux, nostre ire, et nostre feu.

GENIN

Nous sommes bien, ilz mattent leur courage,
Ilz vont laissant leur fureur, et leur rage,
Ne craignons plus leur felonne rigueur.

CORNARD

Je n'ay encore en seureté mon cœur
Qui me debat d'une crainte certaine,
Ainsi qu'on void debattre une mitaine,
Qu'entre ses mains par passetemps soufflant,
On va d'un vent platissant et enflant.

GENIN

Si tu craignois, je n'estois pas sans crainte,
Mais il falloit estre hardis par feinte
Vers ces Oyseaux qui monstrent leur courroux
A des aigneaux, et non pas à des loups.

CORNARD

Je ne sçaurois m'enhardir par feintise,
Pour estre après noté de coüardise,
Comme d'aucuns qui font bien des fendans,
Sont en braver, en jurer abondans,
Jouans du plat de la langue à leur aize,
Ce n'est que feu, ce n'est que vive braize,
On ne sçauroit leur ardeur soustenir,
A toute force ilz se font retenir :
Et quand il faut un petit se combattre,
Vous les verriez resfroidiz comme plastre,
Estre esbahis, craintifs, et estonnez,
Et de vergogne avoir un pan de nez.

GENIN

Tout est passé, nous ne debvons plus craindre,
Jà ces Cocus delaissent de nous ceindre,
Comme ilz avoient au commencement faict,
Et ont desjà tout leur ordre deffaict.

STROPHE

CHŒUR

Callons nos deux ailles en bas,
Et qu'en signe d'une concorde,
Marchant ensemble à petitz pas,
Ces deux hommes vieux on aborde,
Et devant que de faire rien,
Le Roy nous enseignera bien
De quel endroict ilz sont de France.

Les François sont divers de meurs,
Comme en habitz et en couleurs,
On les void remplis d'inconstance,
Les uns aux vertus sont enclins,
Les autres embrassent le vice,
Et les uns vivent sans malice,
Les autres sont cautz et malings.

Systeme entrecouppé

Prince, nous voudrions bien connoistre
En quelle contrée ont peu naistre,
De la France ces fugitifs ?

JEAN COCU

Ilz sont de Tholoze natifs.

CHŒUR

Pourquoy ont-ilz abandonné
Cesté ville si fortunée,
Pleine de gens riches d'escus
Et qui ayment tant les Cocus ?

JEAN COCU

C'est d'ennuy, et d'ire profonde
De se voir herceler au monde,
A cause que les Dieux les ont
Tous deux marquez emmy le front
De deux grandes cornes bessonnes;
Au reste ilz sont bonnes personnes,
Et quand bien vous les connoistrez
De plus en plus les aymerez.

CHŒUR

Quelz bons conseilz, et profitables
Peuvent donner ces miserables,
Qui en ont bien besoin pour eux.

JÉAN COCU

Vous voyez bien là l'un des deux
Qui a le plus maigre visage,
C'est un autant accort et sage
Que j'aye jamais accosté ;
Il dit merveille, il a hanté
Le monde, à contempler sa face
Pleine d'une modeste audace.

EPODE

CHŒUR

Il nous faut devers luy aller ;
Commandez-luy doncq' de parler,
Un desir desjà nous affolle
D'escouter sa douce parolle,
Et de voir s'il est sage ainsi
Comme vous le vantez icy.

AUTRE SYSTEME

Entrecoupé

JEAN COCU

Or, mes amys, j'ay si bien de ma langue
Basty pour vous une douce harangue,
Que grace aux Dieux vous estes retirez
Du grand danger où vous estiez fourrez,
Et pour signal d'une paix amyable
Ces miens Cocus ont eu pour agreable
Vostre venuë, ayans compassion
De vostre ennuy et vostre affliction.

4

GENIN

Si nous ont-ils faict de fortes alarmes,
Mais ce que plus je craignois de leurs armes
C'estoit leur bec si crochu et si fort.

JEAN COCU

Laissons cela, car j'ay faict vostre accord
Par tel moyen que tu feras entendre
Ton bon conseil, comme il faut se deffendre
Contre Priape, et comme il faut l'avoir,
Ainsi qu'as dict, dessouz nostre pouvoir.

GENIN

Auparavant il faut doncq' qu'on me jure
Qu'on ne fera à nous aucune injure,
Ou je ne veuz rien dire de ma part.

CHŒUR

Nous vous jurons.

GENIN

Quel Dieu ?

CHŒUR

Le Dieu Coquart.

CORNARD

Qu'est-ce Coquart ? J'ay veu, comme il me semble,
Le Calendrier où les Dieux sont ensemble
Selon leur grade et leur rang enfermez,
Si n'ay-je veu ce Dieu que vous nommez,
Ou il estoit en quelque coing, peu-estre,
Si bien caché, qu'il n'a sçeu apparoistre.

CHŒUR

Or si a-t'il entre nous un grand nom.

CORNARD

C'est des Cocus, peult-estre, le patron ?

CHŒUR

C'est nostre Dieu.

GENIN

Doncq'par ce Dieu là mesme
Qui vous est tant venerable et supresme,
Faites icy un solennel serment
Que ne serez fascheux aucunement.

CHŒUR

Nous vous jurons par Coquard, qui preside
Sur ses Cocus qu'il soustient, et qu'il guide,
Qu'il ne sera, soit en dict, soit en faict,
Contre vous deux rien commis ny forfaict.

JEAN COCU

Quoy ! voudriez-vous de promesse meilleure
Que celle-cy, par qui on vous asseure
De ne vous faire aucun mal, ny ennuy ?

GENIN

Bien, nous mettons dessouz ton bon appuy.

STROPHE

CHŒUR

Jaçoit que dans l'humaine race,
On voye regner la falace,
Plus que la pure verité,
Et que celuy qui plus exerce
Son temps à malice diverse,

Est plus hault en authorité.
Si ne pensons-nous que vous estes
Autres que simples et honnestes,
Et que toy qui es sage et meur,
Vueilles user de menterie,
De finesse, et de tromperie,
Propres au dissimulateur.
Ainsi conseille-nous sans feinte,
Quelles machines inventant,
Nous rendrons la grand force esteinte
De Priape qui nous hait tant.

GENIN

Devant jamais que Priape eust naissance,
Desjà Cocus vous estiez en essence.

CHŒUR

Nous en essence ?

GENIN

Il est tout asseuré.

CHŒUR

Cela vrayment nous avions ignoré.

GENIN

Vous n'avez leu aussi aux bons poëtes
Qui vont chantant dans leurs fables secrettes,
Qu'en mesme temps, mesme heure, mesme jour,
Feurent esclos les Cocus et l'Amour.
Les Dieux alors ne regnoient point encore,
Venus aussi qu'en Paphos on adore,
Prise d'Amour n'avoit du Dieu Bacchus
Conçeu Priape ennemy des Cocus,
Et ne l'avoit dans les champs d'Abarnie,
Si tost qu'il eust en ce monde pris vie,

Abandonné, renonçant d'avoir faict
Un tel enfant si lourd et contrefaict.

CORNARD

Il est aymé toutesfois des pucelles,
Non pas pour luy, ains pour le profit d'elles :
Car en sa hanche il a deux beaux tesmoings
Qui sont plus gros que pillons pour le moins,
Et un beau manche assez roide et qui pousse
Bien roidement sa puissante secousse,
Gentil, nerveux, bien nourry, bien charnu,
Et par sur tous le plus brave tenu.

GENIN

Alors le ciel, l'air, le feu et la terre
Et toute l'eau qu'Amphytrite resserre
Dessouz ses bras larges et estendus,
N'estoient encore en leur place espandus,
Tout estoit plein de la nuict tenebreuse ;
Laquelle estant de soy-mesme amoureuse,
De deux beaux œufs feist engraisser son sein :
De l'un nasquit l'archeret inhumain,
Ce Dieu Amour portant au dos des ailles
Et un carquois plein de flesches mortelles,
De l'autre vint un Cocu printanier
Qui feut l'autheur des Cocus le premier,
Noble Cocu, dont la race feconde
Peuple aujourd'huy la plus grand'part du monde.

CHŒUR

Si les Cocus à ton dire sont vieux
Plus que la mer, que la terre et les cieux,
Que ne sont-ilz ou Dieux ou quelques Princes,
Ayans souz soy les plus belles Provinces ?

GENIN

Ilz ont jadis esté de puissans Roys.

CHŒUR

Mais où ont-ilz commandé autrefois ?
Conte-le-moy, de grace, je t'en prie.

GENIN

Ilz feurent Roys d'Egypte et de Surie :
Qu'il ne soit vray, quand on void au Printems
Quelques Cocus en ces quartiers chantans,
Lors en son champ tout le monde amoncelle
Le fourment, l'orge, et l'aveine en javelle,
Et en ce tems on se mocque de ceux
Qui d'asserrer leurs biens sont paresseux,
Gens inutilz, qui n'ont en reverence
De leurs Cocus l'honorable presence.

CORNARD

S'ilz sont mocquez, aussi le gaignent-ilz,
N'honorans pas des oyseaux si gentilz.

GENIN

Ilz ont si bien regné dedans la Grece,
Que les grandz Roys celebrez en proüesse,
Qui dans Mycene ont esté en renom ;
Pelops, Thieste, Atrée, Agamemnon,
Pour mieux se faire à leurs peuples parestre,
Portoient, pompeux, un sceptre en la main dextre,
Qui n'avoit point au sommet un corbeau,
Une choüette, une aigle, ou autre oyseau,
Mais un Cocu, qui est marque certaine
Que les Cocus feurent Roys de Mycene,
Roys redoutez, et tenans souz leurs loix
La region des renommez Gregeois.
Ce preux Ajax indompté de courage,
S'il faut au moins croire le tesmoignage
De Lycophton, autheur digne de foy,
Estoit Cocu, et le filz d'un grand Roy,

Luy-mesme chef entre les chefz de Grece,
Qui assiegeoient Troye et sa forteresse,
Et secondant Achille au pied leger,
Quand il failloit au combat se ranger.

CHŒUR

Qui les osta de leur place royalle,
Puisqu'ilz avoient leur majesté esgalle,
Dedans la terre, à celle que Jupin
Retient au ciel en son trosne divin ?

GENIN

Ce feut le temps qui abbat et qui vire
« Non-seullement un florissant Empire,
« Ains nostre nom, nous, et nostre beauté
« Nostre fortune et nostre authorité. »

CHŒUR

Estre le temps, et sa puissance haute
Tant seullement ?

GENIN

C'est aussi vostre faute,
Car vous allez tous seuletz esgarez,
Et n'estes point en troupes resserrez,
Qui dans les prez, qui dedans les campaignes,
Qui dans les bois, qui dedans les montaignes,
Qui au foyer, et qui en la maison,
Estes assis comme en une prison.

CORNARD

D'où doncques vient que nostre ville est pleine
De ce beau chant : un Cocu l'autre meine,
Si ce n'estoit que les Cocus entr'eux
Ne vont seuletz, ains s'en vont deux à deux ?

GENIN

Si vous eussiez tousjours esté en baude,
L'homme mutin qui rien plus ne demande
Que changement de Prince, et de Seigneur,
Vous eust porté malgré luy tout honneur,
Espris de peur que se jettant aux armes
Il n'eust soudain en teste voz gendarmes,
Qui repoussans promptement son effort
L'eussent puny d'une cruelle mort :
Mais vous voyant courir à la volée,
Sa froide peur s'est de luy escoulée,
Et n'a point craint de vous chasser du lieu
Où vous estiez honorez comme un Dieu.
Et maintenant il cherche vos dommages,
Il vous mesprise, et vous pense volages,
Et qui plus est, sans pitié ny esgard,
Il vous meurtrist, il vous larde de lard,
Vous faict rostir, et pour metz delectable
Il vous appose, et vous mange à sa table.
Si doncques l'homme est vers vous si mechant,
Pensez comment Priape ira taschant
De vous vexer, de vous estre moleste,
Puisqu'il vous est ennemy manifeste.
Hardy sur vous il se viendra jetter,
Et vous pourra aizement surmonter,
Ainsi espars : comme un lyon se ruë
Sur un taureau qu'il deschire et qu'il tuë,
En le voyant dessuz le bord d'un pré,
De son troupeau à l'escart separé :
Ny plus ny moins vous voyant en desordre,
Voletans seulz, sans arrest et sans ordre,
Vostre ennemy peut bien à son plaisir,
De vostre bois, et de vous se saisir.

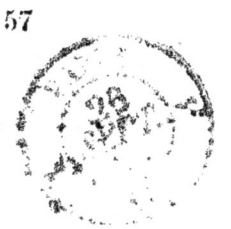

STROPHE

CHŒUR

Les larmes nous viennent aux yeux,
En escoutant de nos ayeux
   La magnifique fortune
Qui leur est escoulée en bas,
Par faute de ne prendre pas
   L'occasion opportune ;
Mais dy, comment nous le pourrons
   En son premier heur remettre,
Car toutes choses nous ferons
   Que tu voudras nous commettre.
Commande nous tant seulement,
   Que nous debvrons faire, et comment,
Il ne nous en chaut pas du reste ;
Mais que soyons rendus plus fortz
Et que nous revengions les torts
De Priape s'il nous moleste.

GENIN

Je ne sçay point de plus certaine voye,
Qui en vostre heur ancien vous convoye,
Que celle-cy, laquelle, à bien parler,
Seulle sans plus vous y peult faire aller.

CHŒUR

Monstre-la-nous ?

GENIN

   Il ne vous faut plus suivre
Votre façon et maniere de vivre,
Vivez ensemble, et plus ne vous mettez
Dedans les bois ça et là escartez.

CHŒUR

Par quel moyen ?

GENIN

    Cela est bien facile :
Il vous faudra faire en l'air une ville
Qui soit de brique et qui soit proprement
Bastye en haut depuis le fondement,
Et que voz murz bien espais on maçonne,
A la façon de ceux de Babylonne,
Pour mieux souffrir, s'il est nécessité,
L'artillerie et Jupin irrité,
Qui de ses feux, que le ciel il desserre,
Fracasse bien les palais de la terre.

CHŒUR

Mais les oiseaux, auxquels sans doute aucun,
L'air comme à nous est ouvert et commun,
L'aigle qui vole au sommet de la nuë,
Qui de son aille en longueur estenduë
Soutient Jupin, alors qu'il fait crouller,
Bruyant, tonnant, sa tempeste dans l'air,
Le cormoran, le chouan, la frezaye,
Qui en la nuict de ses chantz nous emaye,
L'esmerillon, le faucon, l'esparvier,
Et le gerfaut, l'autour et le lanier ;
Bref les oyseaux qui parmy l'air se joüent,
Qui en volant leurs deux ailles secouent,
Fuyans par l'air des hommes la fureur,
Ne pourront-ilz par l'Edict du Preteur
Nous denoncer d'un interdict oblique,
De ne bastir dedans un lieu publique,
Et n'iront-ilz au reffus que ferons,
Mettre à la mort tous tant que nous serons ?

GENIN

Les craignez-vous ?

CHŒUR

Ouy.

GENIN

Pour quelle encombre ?

CHŒUR

Ils sont plus fortz que les Cocus en nombre,
Et en puissance.

GENIN

Ostez tous ces emoys,
Vous estes plus de Cocus mille foys,
Que l'on ne void d'oyseaux par tout le monde,
En l'air, en mer, ou en la terre ronde ;
Quant à la force, un Cocu hazardeux,
Comme l'on dict, en vaut tousjours bien deux.

CORNARD

C'est comme on dict, au *Tric Trac*, ce me semble,
Qu'au petit Jan, et au grand Jan ensemble,
Le jeu vaut quatre, et est double le jeu,
Quand chasque Jan son rang fournir a peu,
Ainsi dict-on en la maniere telle
Des bons Cocus que bons Jans on appelle,
Lesquelz de force, et d'haleine, et d'ardeur,
En valent deux quand ilz sont en fureur.

GENIN

Ce qu'il vous faut avoir de prevoyance,
C'est de conduire en toute diligence
Vostre besongne, et faire en se peinant,
Qu'en grand'longueur elle n'aille traisnant :
« Devant qu'aller entreprendre une affaire,
« On doit longtemps consulter, pour la faire,
« Mais quand on l'a commencée à tenter,
« Hastivement il faut l'executer. »

CHŒUR

Nous viendra-t-il aucun profit utile,
En bâtissant dans le vague une ville ?
Serons-nous plus en honneur avancez ?
Et pourrons-nous, à bon droit courroucez,
Contre Priape avoir la force preste
Qui des Cocus tasche à faire conqueste ?

GENIN

Demandez-vous pour quelle utilité
Vous bastirez votre forte cité ?
Non-seulement de Priape la rage
Ne vous sçaura porter aucun dommage,
Et des humains les journaliers assaux
Ne vous iront donnant mille travaux,
Mais vous pourrez, ô grand'merveille ! faire
Que Jupiter vous sera tributaire,
Et baissera, tant haut soit-il monté,
En vostre endroit sa grande majesté.
Si pris d'amour, et de ses griefves flammes,
Il veut joüir de la beauté des femmes
En se faisant d'un changement nouveau,
Satyre, et or, et serpent et taureau,
Comme il estoit aimant son Antiope,
Sa Danaé, Proserpine, et Europe,
Il luy faudra, ains que les aborder,
Son sauf conduit de vous seulz demander,
Pour traverser vostre ville et descendre
Dedans la terre, où son desir veut tendre,
Ou autrement vous le pourrez chasser,
Sans luy donner moyen de traverser.

CORNARD

Il vaudra mieux l'arrester à la porte,
Et luy couper ras le cul ce qu'il porte,

Affin qu'il soit de son membre escouillé,
Dont feut jadis son ayeul despouillé,
Et que sans mort souffrant mille miseres,
Il soit puny de tous ses adulteres,
Puisque la loy Julie ne peut pas
Luy moyenner, estant Dieu, le trepas.

GENIN

Si le Dieu Mars veut descendre en la terre,
Pour exciter ceux de Thrace à la guerre,
Bien qu'il soit fier, bien qu'il soit brave, et fort,
Bien qu'avec luy soit le cruel discord,
« Lequel petit quand à naistre il commence,
« Devient plus grand, et tellement s'avance,
« Que jusqu'au ciel du chef il va touchant,
« Et va, hautain, sur la terre marchant : »
Bien qu'Enyon, bien que ceste Bellonne,
Qui de frayeur les plus constans estonne,
Ses escadrons rangent de toutes partz,
Faisant branler les plus braves soldars,
Si faut-il bien que dessouz vous il ploye,
Et devers vous son ambassade envoye
Pour estre amy, ou les hommes jamais
N'auroient la guerre, et ne vivroient qu'en paix.

CORNARD

Il sieroit mieux qu'ils vescussent en vesses.

GENIN

Que diray plus ? les Dieux et les Deesses
Sur les mortelz n'iront plus s'esmouvant,
S'il ne vous plaist leur permettre devant.
Le Dieu Phœbus de son arc, qu'il desserre,
N'envoyera plus la peste dans la terre,
Comme il la meist sur les Grecs ennemis,
Vengeant le tort vers son prestre commis.

Jamais Ceres n'envoyra la famine,
Et bref au ciel la grand troupe divine
Vous portera tel respect et honneur
Que le subject porte à son vrai seigneur.
Si les mortelz, par annuel office,
Vont immolant aux Dieux un sacrifice,
A Jupiter un beau belier cornu,
Et un taureau à Neptune chenu,
Un gras pourceau à Venus qui preside
En Amathuse, en Eryce et en Cnide :
Au filz d'Alcmene un beuf sorty du joug
Qui vit aux prez, et à Bacchus un bouc,
Et un sanglier à Ceres la divine,
Et une cerve à la blanche Dictynne,
Au Dieu Phœbus un cheval courageux,
Et à Priape un asne paresseux,
Vous en prendrez le meilleur, et le reste
Qui ne vault rien, qu'on jette et qu'on deteste
Comme un cheval et un asne couillard,
Vous l'envoierez aux grandz Dieux pour leur part,
Qui en feront une metarmophose
En des perdrix, ou en quelque autre chose
Qu'ilz aymeront, car je ne connoys pas
Quelz metz ilz ont là haut en leur repas.

CORNARD

O que les Dieux auront de mal extresme,
Je prevoy bien desjà dedans moy-mesme
Qu'ilz ne pourront à la longue durer
Qu'une grand'faim ne les vienne serrer.

CHŒUR

Puisque les Dieux craignans nostre puissance
Seront contraintz nous faire obeissance,
Et que vivrons de metz plus precieux,
Que reste-t-il que nous ne soyons Dieux ?

GENIN

Rien ne vous fault, et sans doubte on peult croire
Que vous serez en aussi grande gloire
Que sont les Dieux vers les hommes mortelz;
Ilz vous feront, comme aux Dieux, des autelz,
Et sacreront à vos grandeurs des temples,
Et de presens et de richesses amples
Les orneront, et de vœux presentez
Apaizeront vos sainctes majestez.

CHŒUR

Voire comment nous penseront les hommes
Que nous soyons aultres que nous ne sommes
En nous voyant des ailles sur le dos ?

GENIN

Vous ne parlez rien qui soit à propos,
Car le facond Atlantide Mercure
Qui des haultz Dieux les affaires procure,
N'a-t-il au dos des ailles, dont souvent
Il rode, il vole à la force du vent ?
N'affuble-t-il au chef sa capeliere ?
Et ne prend-il souvent sa talonniere ?
Et la Victoire, à qui les braves Roys
Dressent leur veu, leur priere et leur voix,
N'a-t-elle pas deux ailles decorées
D'un beau poil jaune, et les plumes dorées ?
Iris encor, si d'Homere les vers
Ne sont du tout de mensonges couverts,
Prompte à voler fend l'air à tire d'aille,
Estant semblable à une colombelle ;
L'enfant Amour qui blesse les oyseaux,
L'homme, les Dieux, et tous les animaux
De son vif trait, de ses flammes mortelles,
Ne porte-t-il semblablement des ailles ?
La foy en porte, et les vertus aussi
Qui dans les cieux s'envoleront d'icy,

Lors que Pandore ouvrit toute esperdue
D'Epimethé la boeste deffendue.
N'ayez donc peur d'estre oyseaux reputez,
Si comme oyseaux des ailles vous portez.

CHŒUR

Que vienne donc Priape nous meffaire,
Nous monstrerons qu'il n'aura pas à faire
A des oyseaux, ains à des Dieux tous telz
Qu'est Jupiter, et les Dieux immortelz.

GENIN

Je ne suis pas d'advis que l'on attende
Que contre vous le premier il se bande,
Ains vous ayant en l'air fortifié,
Faites qu'il soit aussitost deffié.

CORNARD

C'est faict de toy, Priape, nostre maistre,
C'est faict de toy, comme je puis connoistre,
Tu es gasté, tu es mat et vaincu,
Et ne vaut pas un crachat de Cocu.

CHŒUR

Que ferons-nous pour luy faire nuisance,
Après avoir deffié sa vaillance ?

GENIN

Il faut remplir les creneaux de vos murs
De gros cailloux bien pesans et bien durs,
Et les laisser tomber dessus la hanche,
Pour le grever, et deroidir son manche.

CORNARD

Cancre ! qu'il vienne après vous menasser,
Perdant l'outil qui le faisoit arser ;

Je connoistroy qu'elle seroit sa mine,
Et voudrois voir un peu de son urine.

GENIN

Si de ce tort il se veut ressentir,
Vous lui ferez incontinent sentir
Mille travaux, mille et mille dommages,
En luy gastant partout ses jardinaiges,
Si bien qu'enfin les hommes molestez
De voir ainsi tous leurs jardins gastez
Seront contrainctz, pour avoir votre grace,
De luy oster ses honneurs à Lampsace,
De le chasser des jardins d'icy-bas,
Et supprimer ses grades, ses estats.
Il n'ira plus par le veuil de Neptune,
Montrer au doigt la saison opportune
De navigage, et quand il faut ramer
Dessus le dos de la profonde mer :
Il n'aura plus sa faux en sa main dextre,
Dont aux larrons il se faisoit parestre,
Et aux oyseaux qui trembloient de frayeur
Lorsqu'ilz voyoient son membre, et sa roideur.

CORNARD

Le plus grand mal dont Priape je plaigne,
C'est qu'il sera des femelles la haigne,
Qui n'aymoient rien de tout ce qu'il avoit,
Que le boudin qui si bien les servoit.
Mais je sçay bien leur remede propice,
Il leur faudra user d'un gondemisse,
Qui soit de verre ou de velours, ou bien
D'or ou d'argent selon qu'est leur moyen,
Et imiter d'un remu'ment lubrique,
Le branlement de la Françoyse picque.

5

GENIN

Bref ce Priape, un vray tronc de figuier,
N'aura credit, ny estat, ny mestier,
Dieu inutil, Dieu sans puissance aucune,
Et maudira mille fois sa fortune,
De quoy estant d'un Dieu céleste né
Il se verra au malheur destiné,
Chassé de tous, et quoyque miserable,
N'ayant aucun qui luy soit secourable,
Qui le reçoyve et luy vueille estre doux,
Pour le respect, et la crainte de vous.

STROPHE

CHŒUR

O le meilleur et plus certain amy
De toute nostre race,
Que nous pensions estre nostre ennemy
Tout remply de fallace !
Pourquoy ne croirions-nous
A si belles merveilles,
Qu'au grand profit de tous
Maintenant tu conseilles ?
Non, non, nous t'adjoustons foy,
Et supplions nostre Roy
Que dorenavant il use
De ton utile conseil,
Comme aussi nous en pareil
Voulons user de ta ruze,
Non gardans l'execution
De ta délibération.

JEAN COCU

Ne laissons point dormir nostre entreprise,
Puisque desjà la sentence en est prise,

Hastons nostre œuvre et allons d'un plein saut
Battre le fer cependant qu'il est chault.
Mais je vous veux, ains que rien on advance,
Mener tous deux où est ma demeurance,
Qui est un nid sur un chesne entassé
D'herbe et de mousse à l'entour tapissé :
Entrons dedans et faittes que je sçache
Le nom de vous et qu'on ne me le cache.

GENIN

J'ay nom Genin.

JEAN COCU

      Et ce tien compaignon ?

GENIN

Il est Cornard appelé en son nom.

JEAN COCU

Or soyez-vous trouvez à la bonne heure
Et avec moy montez où je demeure,
Je vous prendrai tous deux dessus mon dos,
Et de mon vol prompt, isnel et dispos
Tout aussitost allant le vuide fendre
Dedans mon nid je vous iray descendre.

GENIN

Ton nid est-il assez ample pour nous ?

JEAN COCU

Il tiendroit bien dix hommes telz que vous.

GENIN

Cela suffist, mais dis, je te supplie,
Pourrons-nous bien vivre en la compaignie
De vous Oyseaux, n'ayant de quoy voler
Quand nous voudrons, par la rondeur de l'air ?

JEAN COCU

Ne craignez point, je sçay une racine
Laquelle est tant admirable et divine,
Qu'incontinent que vous aurez frotté
Tout vostre corps de son jus esgoutte,
Vous serez faictz, sans perdre voz visaiges,
Voz piedz, voz mains, deux Cocus de plumages ;
Vous n'aurez plus de cornes sur le front,
Et en leur lieu deux seins vous paroistront
Couvertz de poil, et tymbrez en la sorte
Comme la huppe aux crestes qu'elle porte.
Ainsi je feuz mué premierement
Lors qu'esperdu comme vous du tourment
De voir mon front de cornes, effroyable,
Et de me voir aux hommes detestable,
Je me rendis en ce boys deserté
Où des Cocus j'euz la principauté.

CHŒUR

Prince, escoutez !

JEAN COCU

Qu'y a-t-il? Je m'arreste.

CHŒUR

Nous voudrions bien vous faire une requeste.

JEAN COCU

Dittes-la-moy ?

CHŒUR

Puisque vous emmenez
Ces bons vieillardz au nid où vous tenez,
Envoyez-nous la Caille vostre femme,
Qui de ses chantz, dont noz cœurs elle enflamme,
Nous aydera à faire resjouïr.
Les spectateurs qui nous daignent ouïr.

GENIN

Quoy ! tu as doncq une Caille mignarde,
Que dans ton nid pour ta femme tu garde ?

JEAN COCU

Il est ainsi, et affin que tu sois
Plus asseuré, c'est celle que j'avois
Quand j'estois homme, et quand dolent et morne
J'eus sur mon front une bessonne corne :
Soudain après que la mort la tua,
Le bon destin en Caille la mua,
Ayant la face, et le front d'une fée,
Et toutesfois n'est que Caille coiffée :
De femme elle a toutes les fonctions,
Tous les desirs, toutes les passions ;
Elle a les piedz et les mains aussi belles
Que les auroient autres femmes mortelles.

CORNARD

N'a-t-elle point d'entre-fesson aussi ?

JEAN COCU

Mais de la femme elle differe en cecy :
Elle a le poil, les ailles, le plumaige,
Le chant, les cris d'une Caille sauvaige :
Comme la Caille elle est chaude un petit,
Et bien souvent se met en appetit,
Me recherchant tout ainsi qu'une Caille
De ses hautz cris à celle fin que j'aille
La contenter de tout ce qu'il luy faut.

CORNARD

Voylà vrayment un animal bien chaut,
Je croy qu'il a une gentille adresse
Tremblant du dos, et jouant de la fesse ;

Je l'ayme fort, et aurois volonté
De luy monter dessus sa pauvreté.

GENIN

Appelle un peu la Caille, je te prie,
Affin de voir sa forme si jolie.

JEAN COCU

Si vous voulez je l'appelleray bien.

GENIN

Je t'en supply de nous faire ce bien.

JEAN COCU

Sus, hau, ma femme, à coup que l'on descende,
Venez icy, venez, je vous demande,
Pour vous monstrer à deux vieillardz chenus
Qui comme nous de France sont venus.

GENIN

Voici ta femme, ô qu'elle est joliette !
Qu'elle est sucrée, affetée et douillette :
C'est bien le cas de son mary cocu.

CORNARD

Comment ! elle a une grand'corne au cu ?

JEAN COCU

Cela luy est provenu de nature.

CORNARD

Quand elle estoit femme par avanture
Elle resvoit, elle cornoit souvent,
Et sus cela estoit pleine de vent.

JEAN COCU

Tu ne mens pas, la verité est telle.

CORNARD

Mais quand tu veux baudouyner sur elle,
Sa corne longue est un empeschement
Que tu ne peux l'enfoncer vivement.

JEAN COCU

La corne est molle, et l'ay plustost baissée,
Que dessouz moy n'est ma femme enfoncée.

GENIN

O belle Caille ! ô oyseau bien heureux !
O heureux Jau qui en es amoureux,
Et qui la peux embrasser à ton aize !
Certes, il faut qu'un petit je la baize.

CORNARD

Et moy aussi.

JEAN COCU

Cela vous est admis,
Car aux Françoys le baizer est permis,
Et le parler, et du reste je pense
Que vous m'aurez en quelque reverence.

CORNARD

Je pense bien que tu n'y seras pas,
Quand on fera avec elle son cas,
Et celuy-là qui t'y voudroit semondre,
Comme un grand sot faudroit l'envoyer tondre.

JEAN COCU

Or est-il temps de vous menor chos moy.
Montons, allons.

CORNARD

Porte-nous dessus toy.

PAUSE

CHŒUR

Vous soyez la bien venuë,
De nous si fort attenduë,
La Caille qui de vos chantz
Si doux et si allechans,
Et de vostre voix plaisante,
Dedans ce bois esclattante,
Pouvez nos sens enchanter,
Ravis à vous escouter :
Ouvrez, ouvrez vostre bouche,
Où l'harmonie se couche,
Et faittes à ceste fois
Tonner icy vostre voix.

PARABASE

LA CAILLE

Or sus, hommes mortelz, imbecilz, miserables,
Ressemblans à une ombre, aux feuillaiges semblables,
Que le Printems produit, et faict pousser avant,
Puis l'hyver les abat, et l'aleine du vent,
Engendrez de limon, la fable de ce monde,
N'estans qu'infection, et qu'une ordure immonde.
Levez voz cœurs en haut, et dans les cyeux montez,
Contemplez des Cocus les sainctes majestez,
Le renom immortel et la puissance telle
Qu'à Jupiter conçeu de semence immortelle :

Adorez leurs grandeurs, et par veuz solennelz
Presentez-leur vos dons comme aux Dieux eternelz :
Ilz sont plus anciens que la mer, que la terre,
Que l'air, et que le ciel qui tout couvre et enserre,
Devant le viel Chaos, l'Erebe, et les Enfers,
Qui feurent embrouillez parmy tout l'univers,
Devant Saturne aussi dont la belle semence
A produit tous les Dieux autheurs de vostre essence ;
Ilz estoient desjà faictz et voletoient aussi,
Par les brouillardz espais du Chaos obscurcy.
L'Amour et les Cocus nasquirent à mesme heure,
Et pour le vous monstrer par une preuve seure,
Ce Dieu s'accoste d'eux, et voulant les hausser,
Partout où il les void, il les va caresser,
Les va couvrant de poil, embellist leur plumaige,
Et n'ayme jamais rien sinon leur cocuaige :
Quand ilz volent par l'air, il s'envole avec eux,
S'ilz ne bougent du nid, il languist paresseux,
Leur ennuy c'est le sien, et leur jeu delectable
N'est autre que son jeu plaisant et agreable :
Si doncques cest archer de voz ames vainqueur,
Une beauté mortelle a mise en vostre cœur,
Et si vous endurez dedans vostre moüelle
Les effets violens de sa flamme cruelle :
Ne pensez le flechir, luy qui est indompté,
Pour adresser voz veux à sa divinité,
Ne plorez, ne plaignez ses assaux, ses alarmes,
Il se rit de voz pleurs, il se paist de voz larmes,
Et plus est enflammé quand il vous void pleurer
Les tourmens, les ennuys qu'il vous faict endurer.
Adressez aux Cocus voz devotes prieres,
Qui play'ront Cupidon et voz maistresses fieres,
Et vous feront cesser voz plaintes, voz douleurs,
Vos flammes, voz soucys, voz larmes et voz pleurs.
Ce Dieu qui d'un seul clin de sa teste divine
Esbranle le pourpris de la ronde machine,

N'a pas un tel pouvoir et ne peult apaiser
Luy-mesme son amour qui le vient embraizer ;
Ains il a bien changé en un Cocu sa forme
Pour avoir sa Junon à son vouloir conforme,
Et n'en eust point joüy, si par ce gentil tour
Il n'eust ligué à soy les Cocus et l'Amour.
Partout ont les Cocus une belle puissance,
Et sur tous les Oyseaux sont douez d'excellence ;
Regardez mesmement comme tous les Oyseaux,
Soient où ceux-là de l'air, de la terre, ou des eaux,
Ayans pondu leurs œufs, vont couvant leur nichée,
Et lorsqu'ilz sont esclos leur donnent la bechée,
Les vont entretenant en la mesme façon
Dont la pauvre femme use envers son enfançon
Que chetifve elle pend au bout de sa mamelle
Et va cherchant du pain tant pour luy que pour elle.
Mais les nobles Cocus ayant pondu leurs œufs,
Ne les couvent jamais ny escloüent souz eux,
Ains les laissent couver et prendre nourriture
Au nid d'un autre Oyseau, qui soigneux en a cure,
Comme sien les deffend, les ayde, les cherist,
Leur apprend à voler, les ayme et les nourrist.
Ainsi feirent jadis les illustres Deesses,
Celles que les grands Dieux choisirent pour maistresses,
Car Cybele bailla son enfant Jupiter
A la nymphe Amalthée, afin de l'alaicter
Dans un antre de Crète, et Junon immortelle
Ne nourrist point Vulcan de sa propre mamelle,
Ains l'envoya nourrir aussitost qu'il feut né
Dans l'isle de Lemnos son sejour fortuné.
Ainsi en vont usant voz plus riches bourgeoises,
Voz dames de la Cour, et voz nobles Françoyses,
Qui laissent leurs enfans, aussitost qu'ilz sont nez,
Souz une autre nourrice à nourrir destinez,
Laquelle en prend le soing, les baize, leur faict chere,
Et les va plus aymant que ne feroit leur mere,

Leur apaize leurs cris, leur forme leur parler
Et en les pourmenant les apprend à aller.
Voire, mais direz-vous, si des Cocus la race
Tous les autres Oyseaux en dignité surpasse,
Pourquoy doncq n'ont-ilz peu chasser l'aigle hautain,
Qui est de tous Oyseaux le Prince souverain ?
Je vous respondz et dis qu'au temps passé ilz eurent
Pouvoir sur les Oyseaux, et leurs Monarques feurent :
Mais quand l'aigle qui tient le tonnerre brûlant,
Et qui perce la nuë et le ciel en volant,
Soigneux d'aller trouver un amoureux remede
A Jupiter épris de son blond Ganymede,
Descendit en la terre, et porta ce garçon,
Sur ses ailles aux cieux pour servir d'echanson :
Alors par le vouloir de Jupiter son maistre,
A qui fidele Oyseau il s'estoit faict parestre,
Il feut appelé Roy et feurent dejetez
Les Cocus à grand tort de leurs principautez.
Si est-ce qu'aujourd'huy ilz reprendront leurs forces,
Et malgré le pouvoir, les effortz, les entorces,
De Jupin et des Dieux voulans les engarder,
On les verra encor aux Oyseaux commander,
Et non point aux Oyseaux, ains à Jupiter mesme,
Qui les avoit ostez de leur grandeur supresme.
A vous autres humains, ilz seront un Ammon,
Delphes, Cyrrhe, Dodone, et un autre Apollon,
Et les allant prier comme Dieux admirables,
Ilz vous seront tousjours benins et favorables,
Ilz vous escouteront, et heureux vous serez,
Aux enfans des enfans de ceux que vous aurez,
Ilz vous don'ront aussi des biens, de la richesse,
De la felicité exempte de tristesse,
Des plaisirs, des grandeurs, des Estats à planté,
Des danses, des esbatz, et de la volupté,
De la paix, du sçavoir, qui les hommes decore,
De la santé, de l'heur, de la sagesse encore ;

Bref ilz vous feront tant heureux en tous moyeus,
Que vous travaillerez soubz le faix de vos biens.

STROPHE

Muse des champs, ma compaigne,
   Tortau, Tortau, Tortau,
   Kikabau, Kikabau,
Que par tous lieux j'accompaigne,
Soit que dans les prez je soys,
Dans les plaines ou es boys,
   Allant à l'aventure
   Chercher ma nourriture,
   Tortau, Tortau, Tortau,
   Kikabau, Kikabau,
Tu me plais quand tu entonne
Dedans ce boys qui resonne
   De ton beau chant nouveau,
   Kikabau, Kikabau,
Auquel Pan le Dieu sauvage
Se veille, assis à l'ombraige,
   D'un chesne ou d'un fouteau,
   Kikabau, Kikabau,
Auquel Echon resonnante,
Respond en voix redoublante,
   Tortau, Tortau, Tortau,
   Kikabau, Kikabau.

EPIRRHEME

Non sans cause, Messieurs, nostre Poëte assemble
Souz un joug une Caille, et un Cocu ensemble,
Les Cocus estantz froidz, et dedans, et dehors,
Et la Caille bien fort chaude par tout le corps ;

Car il a imité en cela la nature
De ce grand univers, qui auprès d'elle endure
La froideux et le chault, et le sec, et l'humeur,
Sans lesquelz elle n'a ny force, ny vigueur,
Et ne peut engendrer, ains brehaigne et sterile
Elle se perd soy-mesme et debvient inutile.
Que si vous m'objectez qu'on ne connut jamais
Deux contraires avoir une paisible paix,
Je le confesse bien : toutesfois un contraire,
En son contraire peut se resoudre et deffaire,
Si que le chaut est froid, et le froid est le chaut,
Quand il plaist au motif des cercles de là haut
Le feu se change en air, et l'air en eau se forme,
Et l'eau en terre aussi par le temps se transforme ;
La terre en eau revient, et puis l'eau peu à peu
Se resout dedans l'air, et l'air dedans le feu.
Et bien que le contraire avecques violence
Ne puisse pas si tost alterer sa substance,
Si est-il temperé, et ne deperist point,
Quand il est doucement à son contraire adjoinct.
Le sec est temperé de son contraire humide,
Et l'humide du sec est retenu en bride ;
Le chaut est par le froid fait tiede et moins brûlant,
Et le froid par le chaut debvient morne et plus lent ;
L'eau est tiedie au feu, et Denis le bon pere,
De son vin la chaleur par l'eau froide tempere :
Et comme là le froid et le chaut sont coullez,
Ainsi sont le Cocu et la Caille meslez,
Et du Cocu le froid tempere de sa femme
La bouillonnante ardeur, la chaleur et la flamme,
Et de la Caille aussi les attraitz chaleureux
Temperent le Cocu tremblant et froidureux,
Et l'un et l'autre ensemble en si belle harmonie
Passent joyeusement le reste de leur vie,
Sans que l'un par le froid soit esmeu, et transy,
Et que l'autre du chaut soit embraizé aussi :

Bref leur desir, leur soing, leur amour violente
Ne cherche autre plaisir, et autre but ne tente,
Que l'un de reschauffer le grand froid qui le tient,
L'autre de refroidir le chant qu'elle soustient.

ANTISTROPHE

Tel doux chant les Cycnes chantent,
    Tortau, Tortau, Tortau,
    Kikabau, Kikabau,
Qui la Charente frequentent,
Et dessus ses bordz herbus
Appellent leur Dieu Phebus :
    Au plus haut de la Nüe,
    Leur voix est entenduë,
    Tortau, Tortau, Tortau,
    Kikabau, Kikabau,
Son cours arreste le fleuve,
Tant resjoüy il se treuve,
    De leur accord si beau,
    Kikabau, Kikabau ;
Les hommes qui les entendent,
Quand ceste harmonie ilz rendent,
    Ont charmé le cerveau,
    Kikabau, Kikabau,
Et les Dieux, et les Deesses
En sont en mille liesses,
    Tortau, Tortau, Tortau,
    Kikabau, Kikabau.

ANTEPIRRHEME

Heureuses mille fois sont les Cailles coiffées,
Qui par trop de soucy ne sont point etouffées,

Ains vivent à leur aize, et esventent souvent
A tous en general leurs cuisses de devant.
Si on fait cas de ceux lesquelz sont politiques,
Et qui vont se soignant des affaires publiques,
Se travaillans pour tous, veillans sur le commun,
Et jugeans droictement sur le droict de chacun :
Ainsi doibt-on priser les Cailles qui besoignent
Pour tous sans difference, et du commun se soignent,
Travaillant au commun, ont à tous l'huys ouvert,
Et d'elles en son droict tout le monde se sert.
Ainsi faisoit jadis en Egipte Rhodope,
Rhodope qui estoit la compaigne d'Esope ;
Ainsi feist Flore à Romme, en Corinthe Laïs,
Et Plangon en Milete, en Athenes Thaïs,
Et mainte autre Gregeoise en renom fortunée,
Dont a faict mention le sçavant Athenée.
Vrayment Solon estoit homme de bon esprit,
Qui dans ses belles loix ordonna par escript
Qu'entre ses citoyens les Cailles habitassent,
Et le droict d'un chacun entre elles procurassent,
Feissent droict à chacun sans personne fâcher,
Qui vers elles voudroient leur bon droict rechercher.
Elles brident le cours de la folle jeunesse,
Reglent ses passions, et luy servent d'adresse
A vivre honnestement et à mettre en prison
Ses propres appetitz domtez de la raison,
A ne fascher autruy cherchant son vitupere,
Et tâchant de soüiller sa femme d'adultere,
A despouiller ses meurs pleines de cruauté,
Et avoir en leur lieu toute civilité.
Cependant qu'une Alix, Caille à nulle seconde,
Procuroit dans Paris les affaires du monde,
La ville n'estoit pas si pleine de cornus,
De cornes, de cornardz, grandz, petitz et menus :
Car cette bonne Caille, en son mestier experte,
Avoit à tous venans une maison ouverte,

Et depuis le matin jusques au soir bien tard,
En cullant culletoyt d'un culletis mignard,
Et le long de la nuict elle se monstroit preste
A remuer le bas plus souvent que la teste,
Et cullant jusqu'à tant que le Soleil levoit
En culletant tousjours son jardin cultivoit.

CORNARD

Ha, ha, ha, hi! à ceste heure je m'ose
Vanter vrayment n'avoir jamais veu chose
Si ridicule, et où j'aye desir
De plus gausser et de rire à plaisir.

GENIN

De quoy ris-tu ?

CORNARD

          Je me ris de tes ailles,
Et de ton poil, et de tes plumes belles :
Veux-tu sçavoir à qui tu sembles bien ?
A quelque Jars deffaict et ancien
Qu'on pele au front, affin qu'en ceste sorte
Il prenne encor sa chaleur desjà morte.

GENIN

Sçais-tu aussi à qui tu vas semblant ?
A un Coq d'Inde, alors qu'il va enflant
Par les canaux de sa voix qu'il desgorge
Tous les replis et goumons de sa gorge.

JEAN COCU

Or sus, qu'est-il maintenant question
Que nous facions ?

GENIN

          Je suys d'opinion

Qu'il fault donner un nom à nostre ville,
Qui soit gentil, et fameux entre mille,
Et puis après qu'on supplie en ce lieu
La majesté de Coquard nostre Dieu.

JEAN COCU

Cela je veux, et m'est bien agreable.

GENIN

Quel nom sera à la ville sortable ?
Luy don'rons-nous de Paris le beau nom ?

JEAN COCU

Nenny, nenny, Paris a le renom
D'estre de gens tous divers rapiecée,
Diverse en meurs, en vouloir, en pensée,
Et les Cocus sont unis et entiers.

GENIN

Il faudra doncq' la nommer de Poictiers.

JEAN COCU

Encore moins : Poictiers n'est que trop fine,
Que trop hagarde, et que trop libertine.

GENIN

Et d'Angiers, quoy ?

JEAN COCU

Elle ayme à chicaner.

GENIN

Veux-tu le nom de Bordeaux luy donner ?

JEAN COCU

Il n'est point beau.

6

GENIN

Et de Lyon jolie ?

JEAN COCU

Elle trafficque avecque l'Italie.

GENIN

Et de Tholoze ?

JEAN COCU

Il me deplaist aussi,
Car ceste ville est fiere et sans merçy,
N'ayme personne, et de nul n'est aymée,
Et n'est sinon en piaffe estimée.

GENIN

Comment faut-il que je l'appelle mieux ?

JEAN COCU

Invente un nom aux Cocus gratieux,
Et y rumine à part toy, je t'en prie.

GENIN

Appelons-la NÉPHÉLOCOCUGIE.

JEAN COCU

C'est un beau nom, un nom remply d'honneur,
On ne sçauroit en trouver de meilleur ;
Je le reçoy, et je veux qu'on appelle
Par un tel nom nostre ville nouvelle.
Jamays les montz d'Etne et d'Inarimé
N'eurent leur nom tellement estimé,
Bien que Jupin y bastist son trophée,
L'un d'Encelade, et l'autre de Typhée,
Ny moins les champs qu'on nomme Phlegreans,
Où ce haut Dieu combattit les Geans,

Quand renversant de son feu leur montaigne
Il culbuta leurs corps sur la campaigne,
Ne feurent tant en vogue entre les Dieux
Comme ce nom doibt errer en tous lieux.
De l'Orient où l'Indien sejourne,
Jusques au More, et où le soleil tourne
Ses chevaux las de sueur et d'ahan,
Pour les mener baigner en l'Ocean,
Et où Borée exerce sa furie,
On nommera NÉPHÉLOCOCUGIE.

GENIN

Aussi ce nom j'ay voulu inventer,
Parce qu'en l'air il nous faut habiter
Aussi espais comme est la nue espaisse,
Qui dans son ventre une grand' pluye presse.

CORNARD

Si les Cocus comme la nüe espaix,
S'en vont pressant le vague de leur faix,
J'iray craignant qu'un autan ne les treuve,
Et sur la terre en quantité les pleuve,
Comme l'on void sur le Printemps plus chaut
Pleuvoir icy les Grenoilles d'en haut.

JEAN COCU

Et qui sera des grandz Dieux salutaire
A nostre ville et son Dieu tutelaire?

GENIN

En voudriez-vous un autre que Coquard
Nostre bon Dieu, qui prend tousjours esgard
A ses Cocus, qu'il soustient et qu'il garde
Dessouz sa main et souz sa sauvegarde?

JEAN COCU

Ce Dieu suffist pour nous pouvoir garder,
Mais toutesfois si fault-il regarder
Quelle Deesse exorable et facile
Avec Coquart gardera nostre ville :
Aux Dieux qui n'ont pas besoing de secours,
Si conjoinct-on les Deesses tousjours.

GENIN

Eh quoy ! Coquart passe doncques son aage
Sans estre joinct au joug du mariage ?

JEAN COCU

Il est tout seul et a tousjours passé
Son aage ainsi sans avoir pourchassé
Aucune Dame ou Deesse immortelle,
Pour se conjoindre en amour avec elle.

GENIN

Il nous le faut marier à Pallas
Belle Deesse.

JEAN COCU

       Elle ne voudroit pas,
Car elle est chaste, et n'a dedans son ame
L'impression de l'amoureuse flamme ;
Elle nous hait, nous deteste et nous fuit,
Et outre plus les armes elle suit,
Et aux combatz, hautaine et animée,
Dessouz ses pas faict branler une armée :
Ce n'est le cas des Cocus qui ne sont
De faction, et lesquelz rien ne vont
Tant detestant sur leurs choses fascheuses,
Comme l'orgueil des femmes factieuses.

GENIN

Bien doncq' cherchons une femme à loisir,
Qui telle soit comme est nostre desir :
Et cependant d'un vol prompt et agile,
Monte dans l'air, et fay que nostre ville
Soit avancée et que les murs soient fortz
Autant dedans comme par le dehors,
Que les creneaux, les cazemattes belles,
Les parapetz, les tours et les remparts
Soient bien rangez, ordonnez et espars ;
Que les maçons, avec la diligence,
Usent aussi d'art et de prevoyance,
Compassans bien leur ouvrage au niveau,
Affin qu'il soit plus uny et plus beau :
Et sois tousjours en presence toy-mesme,
Pour commander comme Prince supresme ;
«Car l'œil du maistre a pouvoir de pousser
«Une besoigne et la faire avancer.»
Et par sus tout il faut que tu commandes
Que les Cocus aillent par l'air en bandes,
Environnant de noz murs le circuict,
Et faire guet tant de jour que de nuict,
Courir souvent dessus les advenues,
Battre l'estrade, et rôder par les nues,
Pour decouvrir si on verra par l'air
Quelques Oyseaux finement se couller,
Qui tascheroient, cachez en embuscade,
De nous donner une chaude algarade,
Et moyenner que noz murs commencez
Feussent du tout de l'œuvre delaissez.
Puis cela faict il te reste de faire
Ce qu'aux Cocus n'est pas moins necessaire :
Tu envoiras aux hommes un heraut,
Et aux grands Dieux qui habitent là haut :
Aux Dieux, affin qu'ores ilz nous honorent,
Et aux humains affin qu'ilz nous adorent

Comme les Dieux puissans et immortelz,
Et comme à eux nous façent des autelz.
Soudain après fais defier l'audace
Du Dieu Priape honoré dans Lampsace,
Luy escripvant un cartel de ta main,
Dedans lequel en langaige hautain
Luy manderas, que pour luy pouvoir nuire,
Le molester, l'offenser et destruire,
Tu emploieras la force de ton cœur,
Et les Cocus dont tu es le seigneur.

JEAN COCU

Or je m'en vay pour accomplir les choses
Entierement, selon que tu proposes.

GENIN

Et moy je veux en ce lieu demeurer,
Pour le bon Dieu des Cocus adorer,
Le suppliant que sa grace propice
Heureusement noz desseins accomplisse.
Où est icy quelque Cocu mitré
Qui entre nous de vertu decoré
Est nostre guide, alors que l'on supplye
Le Dieu Coquard, ou qu'on luy sacrifie?
Qu'il vienne à moy, et qu'il face enfumer
Un encensoir pour ce lieu parfumer.

STROPHE

CHŒUR

D'une semblable concorde
Un chacun de nous accorde
Ton religieux plaisir,
Ayant un mesme desir

D'invocquer du Dieu la grace,
Qui a soing de nostre race.
« Devant tout ouvrage aussi
« Faut des Dieux avoir soucy,
« Et se les rendre exorables,
« Par prieres agreables,
« Autrement ce que l'on faict
« En peu de temps est deffaict. »

ALLOEOSTROPHE I

GENIN

Donnez silence, et prestez voz oreilles
Pour escouter dire les grandz merveilles
Du Dieu Coquard nostre Dieu celebré :
Or chante donc, chante, Cocu mitré.

STROPHE

COQU-MITRÉ

Qui me baillera la voix
A mon subject convenable,
Pour loüer à ceste fois
Nostre Dieu tant admirable.
C'est celuy entre les Dieux,
Que noz anciens ayeux
De pere à filz en tout âge
Ont sainctement redouté,
Et ont d'un humble courage
Leurs veuz à luy presenté ;
C'est luy que premier on nomme,
Que dernier on veut chanter,
Tout ainsi comme faict l'homme
Envers son Dieu Jupiter.

ALLOEOSTROPHE II

GENIN

Mais l'homme après mettra Jupin arriere,
Pour à Coquard adresser sa priere.

ANTISTROPHE

COQU-MITRÉ

Il nous ayme, il nous soustient
De ses grandeurs immortelles,
Et en garde nous retient
Dessouz l'ombre de ses ailles :
Par luy nous respirons l'air,
C'est luy qui nous faict voler,
Soit par les larges campaignes,
Soit par les bois spacieux,
Ou par les grandes montaignes
Qui avoisinent les Cieux :
C'est luy qui benin nous tire,
Quand noz veuz nous luy offrons,
Du tourment et du martyre
Que des hommes nous souffrons.

ALLOEOSTROPHE III

GENIN

Les bons Cocus où l'innocence abonde,
Sont, ce dict-on, vrays martyrs en ce monde.

AUTRE STROPHE

COQU-MITRÉ

Vienne ce Dieu puissant et fort
Donner faveur à nostre emprise,

Car sans luy qui nous favorise,
Seroit inutil nostre effort :
En son honneur seul est bastie
Nostre Nephelococugie,
Et doresnavant seront siens
Les Nephelococugiens,
Qui estantz faictz Princes du monde,
De l'air, de la terre et de l'onde,
Le mettront en pareil honneur, ·
Qu'a Jupiter sur la machine ;
Si Jupiter au Ciel domine,
Il sera des hommes Seigneur.

ALLOEOSTROPHE IV

GENIN

Arreste, arreste, afin que tu allumes
Ton encensoir, et que tu le parfumes
De bon encens, de tous costez semant
Leur bonne odeur qui flaire sœfvement.

EPODE

COQU-MITRÉ

Entendz, Coquard, à ma voix,
En quelque part que tu sois
Et reçoy nostre priere ;
Ayde-nous de ton pouvoir
Et nous fay maintenant voir
Ta grand bonté coustumiere ;
D'encens nous te parfumons,
Et à toy nous reclamons.

ALLOEOSTROPHE V

GENIN

C'est trop chanté, cesse, cesse, de grace,
Il faut prier maintenant à voix basse.

STROPHE

LE POETE

Muse, ma Deesse cherie,
Hausse Nephelococugie
De tes vers jusque dans le Ciel,
Viens, ma Calliope, et me touche
En me versant dedans la bouche
Tes accordz plus doux que le miel.

ALLOEOSTROPHE VI

GENIN

Qu'es-tu, dy-moy, qui viens d'entre les hommes
Ainsi vestu comme un cueilleur de pommes,
Demy couvert d'un failly hallecret,
Et eximé comme un haran soret ?

ANTISTROPHE

LE POETE

Je suis le mignon de la troupppe
Qui carolle dessus la croupppe
Du mont de Parnasse besson ;
De ses douceurs elle m'affolle,
Et par l'accent de ma parolle
Je luy façonne une chanson.

ALLOEOSTROPHE VII

GENIN

Je croiroy bien que ceste compaignée,
Qui est si bien habillée et paignée
Voulsist aymer un homme comme toy,
Si mal vestu, et si remply d'effroy.

EPODE

LE POETE

Ceux qui au mestier labeurent
Des Muses comme je fais,
En la pauvreté demeurent
Et sont maigres et deffaictz ;
Si sont-ilz tousjours sacrez,
Et comme sainctz honorez.

SYSTEME ENTRECOUPÉ

GENIN

Ton beau mestier tout le monde l'exerce,
Soit le sçavant qui aux sciences verse,
Ou l'ignorant qui n'en a point soucy,
Ce qu'on ne void aux bons mestiers ainsi :
Le medecin use de medecine,
Et regardant du patient l'urine
Peut ordonner de son authorité
Ce qu'il faudra pour le mettre en santé ;
Le ravaudeur ses robbes rapetasse,
Le savetier d'une laide grimasse
A belles dens fait le cuir allonger,
Pour le pouvoir à l'empaigne ranger,

Et le maçon avecques sa truelle
Peut bien bastir une maison nouvelle :
Bref tous les artz sont sans plus caressez
De ceux qui sont à les faire exercez.

LE POETE

Je suis exempt de la tourbe ignorante,
Et ne suy point le chemin qu'elle tente.

GENIN

Or respondz-moy ; pourquoy viens-tu icy ?

LE POETE

Je veux oster du tombeau obscurcy
Par mes beaux vers Nephelococugie.

GENIN

Qui t'a desjà dict son nom, je t'en prie ?
Il n'y a pas une heure que je croy
Qu'elle a esté nommée ainsi de moy.

STROPHE OU ODE

LE POETE

Plustost que le traict ne vole,
Soudain qu'il est decoché,
Que la volante parolle
N'a point le vuide tranché,
Et que n'est une pensée
Dans nostre esprit eslancée,
Le nom en terre est volé
De Nephelococugie,
Lequel en ma poesie
Est digne d'estre coulé.

ALLOEOSTROPHE VIII

GENIN

Ce fol icy me don'ra plus d'affaire
S'il ne s'en va, ou s'il ne se veult taire.

AUTRE STROPHE OU ODE

LE POETE

J'ay en main l'outil de la Muse
Dont en ma saincte fureur j'use,
En besongnant si dextrement
Que ce dont je sacre la gloire,
Dans le Temple de la memoire
Est vivant eternellement :
Aussi ceste ville chantée
Par moy qui en seray sonneur,
Doibt estre par après vantée
En grandeur, en force et en heur.

SYSTEME ENTRECOUPÉ

GENIN

Ah ! n'est-ce assez ? Il fault, comme je pense,
Que malgré moy je perde patience ;
Ne veux-tu point ton caquet arrester
Sans passer oultre et plus me molester ?
Je te supply, ne tonne plus tes carmes,
Qui sont autant à mon cerveau d'alarmes :
Demande-moy tout ce que tu verras
En mon pouvoir, et certes tu l'auras :
Car c'est raison que d'un si bon Poëte
A quelque prix le silence on achete,
Sans regarder qu'il couste, moyennant
Que de sa part il cesse incontinent.

AUTRE STROPHE OU ODE

LE POETE

Tu peux ma pauvreté fatale
Ayder d'une main liberale,
Et couvrir ma necessité :
Ainsi te soit fortune bonne,
Et te favorise et te donne
Le bien que tu as merité.

GENIN

Je t'entendz bien, n'en dis plus davantaige,
Tu as besoing de robbe à ton usage,
C'est la raison, il fault te la bailler,
Car aussi bien je te veuz habiller,
Ayant pitié du froid que tu endures ;
Que si l'hyver, la glasse et les froidures
T'alloient serrer, pauvre homme, il te faudroit
Transir bientost de frisson et de froid :
Prens ceste robbe encore toute neuve,
Ell' gardera que le froid ne te treuve,
Mais va-t'en viste.

LE POETE

Or je m'en vay aussi,
Et m'en allant je chanteray cecy.

AUTRE STROPHE OU ODE

LE POETE

O la majesté adorée
Du filz de Saturne et de Rhée!
O Jupiter Dodonean!
O le pere Panomphean!

Viens d'un clin de ta saincte teste
Accorder ma juste requeste,
Et donne abondance de biens
Aux Nephelococugiens.

GENIN

J'ay renvoyé ce galand de Poete,
Qui plus cavé aux yeux qu'une chouette,
Plus qu'un hibou effroyable et hydeux,
Et aussi noir comme un beau Diable ou deux
Vouloit hausser par un vers inutille
Le sainct honneur de nostre belle ville.
Si suis-je bien surpris d'estonnement
Comme il a sçeu son nom si promptement,
Et qui a peu luy rapporter et dire
Que nous faisions une ville construire :
« Ces foulz icy n'ignorent jamais rien,
« Feust-ce du mal, et feust-ce aussi du bien,
« Et quand leur rage une foys les possede,
« De les brider il n'y a point remede,
« Ilz n'oyent rien, et ne leur chaut jamais
« Du bon subject non plus que du mauvais :
« Ce qui leur vient dedans la fantaisie
« D'un brusque feu gaillardement saisie,
« Est composé, et en nombres divers
« Vivre se void par l'ame de leurs vers :
« Bref ilz ont tous leurs Muses indiscretes,
« Et ne sçait-on aucuns des bons Poetes
« Qui soient exemptz d'avoir lascivement
« Traitté leurs vers et leur grave argument.
« Pource Platon de sa ville les chasse,
« Et a bien pris mesmement ceste audace
« D'en dechasser ce grand Meonien,
« Qui est leur Prince et leur pere ancien,
« Le reprenant que sa hautaine Muse
« Hors de propos à descrire s'amuse

« L'amour des Dieux, leurs adulteres feintz,
« Et leurs discordz trop lasches et trop vains,
« Et qu'en la sorte il corrompt la jeunesse,
« Qui aux plaisirs n'ayant que trop d'adresse,
« N'a pas besoing, se voulant deborder,
« De macquereau qui la puisse guider. »

L'ASTROLOGUE

Astres par qui la machine est regie,
Vueillez garder Nephelococugie,
Et ses Cocus.

GENIN

Qu'est cet homme qui vient,
Qui en sa main un Astrolabe tient
Et un compas ?

L'ASTROLOGUE

Les astres te maintiennent,
Te soient benins, et en santé te tiennent.

GENIN

Que cherches-tu ?

L'ASTROLOGUE

Je viens pour dire icy
Ce que les Cieux, qui de vous ont soucy,
Vont influant sur vostre ville forte.

GENIN

Es-tu devin ?

L'ASTROLOGUE

Ouy en toute sorte,
Car je peux bien par le vol des Oyseaux
Donner presage et des biens et des maux,

Du temps serein et des fortes tempestes,
Et regardant les entrailles des bestes,
Je peux y voir l'evenement douteux
De l'heur suivant ou du sort malheureux :
Les songes bons et mauvais je n'ignore,
Comme ayant leu dedans Artemidore,
Et dans Synese et tous ceux qui ont bruict
D'interpreter les songes de la nuict,
Les pointz cachez de la geomantie,
Les jugemens de la chiromantie ;
Les sortz trouvez des vers virgiliens,
Et Zoroaste, et Dardane anciens
Me sont connuz, et l'occulte science
D'Agrippe n'est hors de ma connoissance.
Je peuz parler des Astres doctement,
Qui sont fichez dedans le firmament,
J'entendz le cours des Planettes errantes,
Leurs mouvemens, leurs lumieres brillantes,
Leurs hautz effaictz, leurs constellations,
Et leurs aspectz et leurs influxions;
Je sçay par cœur Ptolemée, Firmique,
Haly, Peucer, Bonate, et Copernique,
Et peux comme eux connoistre les saisons
Des ans futurs, et les douze maisons.

GENIN

N'as-tu assez entassé de langaige ?
Va hors d'icy, et tu feras que sage.

L'ASTROLOGUE

Entendz un peu des Cieux la volonté
Sur les Cocus, et dessus leur cité.

GENIN

Je n'ay loisir maintenant de t'entendre.

7

L'ASTROLOGUE

Si te faut-il par mon moyen l'apprendre :
Quand les Oyseaux qui esclattent leurs chantz
Dedans les bois et crachent sur les champs,
Voudront sortir de leurs forestz espaisses,
Et bastiront en l'air des forteresses,
Lors ilz seront comblez d'un heur parfaict,
Et leur viendra toute chose à souhaict.

GENIN

Je ne sçay pas quel langage tu craches,
Et quelz secretz et mysteres tu caches.

L'ASTROLOGUE

Mais ilz seront encore plus heureux,
Si au devin qui doibt venir à eux,
Ilz font la chere, et tout ainsi qu'ilz doyvent,
Avec honneurs et presens le reçoyvent.

GENIN

Je suis trompé, ou tu parles de toy.

L'ASTROLOGUE

Aussi le Ciel n'entend autre que moy.

GENIN

Et quelz presens veux-tu que l'on te donne ?

L'ASTROLOGUE

Escoute encor ce que le Ciel ordonne :
Ilz luy don'ront, pour l'orner de tout point,
Un chapeau neuf, avec un neuf pourpoint,
Qui soit d'un lin le plus fin que l'on treuve,
Un manteau neuf, une cazaque neuve,
Des souliers neufs, et des chausses, affin
Que soit le Ciel envers eux plus benin,

Qu'il leur influe et donne en recompense
De Jupiter la royale puissance.

GENIN

Vrayment, tu veux de beaux dons recepvoir.

L'ASTROLOGUE

Ce n'est de moy, ains du Ciel le vouloir.

GENIN

Autant que toy je connois par les Astres
Les biens futurs, les maux et les desastres ;
Escoute doncq' ce que le Ciel predict :
Quand un jongleur, un menteur a credit,
Un arrogant, un charlatan habille,
Et un faiseur d'almanacs d'une ville,
Qui promettant aux autres à planté
Des biens, de l'heur, de la felicité,
Meurt de famine, et d'indigence extresme,
Et des presens demande pour soy-mesme
Viendra vers toy, ô Cocu passager !
Et essay'ra d'un propos mensonger,
A t'abuser et mocquer ta simplesse,
Meine-le-moy avecq' une rudesse.

L'ASTROLOGUE

Je suis trompé ou tu parles de moy.

GENIN

Aussi le Ciel n'entend autre que toy :
Va le chassant, il ne songe qu'à nuire
A ceux qu'il peut de sa langue seduire.

L'ASTROLOGUE

Me feras-tu telle vergongne avoir ?

GENIN

Ce n'est de moy, ains du Ciel le vouloir :
S'il ne veult pas vuider de ta presence,
Prendz un baston et le batz à outrance,
Sans espargner teste, espaulles et reins,
Cuisses, jarretz, bras et jambes, et mains,
Estrille, assomme, et abatz et escorche,
Et me le paye à monnoye de torche,
N'estant lassé de le bastre de coups
S'il ne s'en deult, et dessus et dessouz.

L'ASTROLOGUE

A l'ayde, au meurtre, à la force, on me tüe !

GENIN

Et soit qu'il crie, et que jusqu'en la nüe
Il face ouyr sa plaincte et sa clameur,
N'aye jamais ny craincte ny frayeur,
Frappe plus fort, et plus tost ne t'apaise
Qu'il ne s'en aille, et te laisse à ton aize.

L'ASTROLOGUE

A l'ayde, au meurtre, au voleur qui meurtrist
Un sainct devin qui les Astres cherist !

GENIN

Bien qu'il se vante avoir l'ame divine,
Et que tous maux et tous biens il devine,
Aussi sçavant comme Nostradamus,
Ne le crois point, il est remply d'abus ;
Il feroit bien accroire que les nues
Ne sont sinon des Chimeres cornues,
Des montz de sable, et des poelles d'airain,
Tant il est fin et menteur souverain.

L'ASTROLOGUE

Au meurtre, helas !

GENIN

Allez, vilain, au Diable.
N'irez-vous pas, mechant abhominable ?
Si de rechef je vous retiens un peu,
Vous maudirez l'heure de m'avoir veu.

L'ALCHEMISTE

Je viens à vous...

GENIN

Voicy une autre peste
Qui vient encor pour nous estre moleste.

L'ALCHEMISTE

Dieu gard de mal les Cocus gratieux.

GENIN

Qu'es-tu, qui viens ainsi dedans ces lieux ?
Et d'où es-tu ? qui t'emeut ? quelle affaire
Veux-tu icy commencer et parfaire ?

L'ALCHEMISTE

Je suis natif des mons Savoisiens,
De là exprès vers les Cocus je viens
Pour leur monstrer comme sans grand' despense,
D'or et d'argent ilz auront abondance.

GENIN

Voudrois-tu point donner à noz Cocus
Un Mahommet qui chie des escus,
Et sans labeur fait riche une personne,
Pour les tresors que sans cesse il luy donne ?
Ou n'as-tu point les puissances encor
Du roy Midas qui changeoit tout en or ?

L'ALCHEMISTE

Je ne suis pas un Midas de Lydie,
Mais j'ay pouvoir par mon Entelechie

De faire l'or, et l'affiner si bien,
Qu'il passe au change, et qu'on n'y connoist rien,
Soit qu'on le touche, ou bien qu'on le martelle,
Qu'il soit au feu où souffre la coupelle :
Et ce qui est non moins rare et hautain,
Je puis aussi d'un changement certain
Fondre en argent ce qui estoit nagueres
Un vil metal et ne valoit pas gueres.

GENIN

De quelz moyens use-tu en cecy ?

L'ALCHEMISTE

Je ne veux pas rendre profane ainsi
Mon art sacré, qui ne se manifeste
Qu'à ceux qui ont l'ame toute celeste,
Qui ne sont point brouillez de passions,
D'humains desirs de perturbations,
Ains affranchis de ce que l'homme endure,
Cherchent hardis les secretz de nature,
Et les vertus infuses aux metaux,
Les mixtions de tous les mineraux,
Et comme ilz sont connuz en leur miniere,
Quelle est leur force et leur cause premiere,
Et s'ilz se vont corrompant par le cours
Du temps qui coulle, ou s'ilz durent tousjours,
Quelle est leur mort, et quelle est leur naissance,
Leur nourriture, et leur belle accroissance :
Quelle chaleur forte temperamment
Les entretient et leur donne aliment :
Comme le plomb en l'argent se transforme,
Et comme l'or ne change point sa forme,
L'argent la change, et le plomb et l'estain,
Et l'argent vif, et le cuivre et l'airain,
Ainsi soigneux de comprendre ces choses
Qui dans le sein de la terre sont closes,

Ilz vont suivant la Nature qui faict
Dedans son moule un ouvrage parfaict,
Et dans leur art font en peu de journées
Ce que nature en mille et mille années
Ne sçauroit faire, encore que ses mains
Passent de loing le labeur des humains,
Que son labeur nostre artifice gaigne
Et qu'elle-mesme est celle qui enseigne
Les plus sçavans, qui leur affection
Dressent tousjours vers sa perfection,
Contr'imitans d'effect et de courage
Ce qui reluict en son divin ouvrage.

GENIN

Qui t'a appris les discours que tu fays?
Il semble à voir que tu ne feuz jamais
Que dedié à la vaine folie,
Je voulois dire à la Philosophie.

L'ALCHEMISTE

Depuis le temps que mon âge peut voir,
Et contempler nature et son pouvoir,
Je me suis mis à ses causes entendre,
Et m'eslevant au Ciel pour les apprendre,
Je n'allay point feuilletant un Zenon,
Un Democrite, Heraclite, et Platon,
Un Epicure, un Cleanthe, un Speusippe,
Un Carneade, Empedocle, et Chrysippe,
Un Aristote, à qui nature avoit
Appris beaucoup de secretz qu'il sçavoit;
Ains poursuivant roidement à la piste
Ce grand docteur Mercure Trimegiste,
Qui a parlé plus hautement que tous
De la nature, et l'a monstré à nous
Comme en enigme, affin que l'ignorance
Ne se meslat de brouiller sa science,

Et me guidant selon l'authorité
De tous ceux-là qui l'ont interpreté,
J'ay maintenant l'intelligence claire
Des fonctions que peut nature faire ;
Je sçay comment imiter il la faut
En ce qu'elle a de plus brave et plus haut,
Et suis venu aux bons Cocus que j'ayme
Pour leur monstrer ma science supreme.

GENIN

Mais tu pensois tantost nous sermonner
Que tu ne doibz ton sçavoir profaner
Et que pour nous c'est une lettre close ;
Quel changement, quelle metarmophose
T'a faict depuis ton vouloir esgarer,
Que tu nous veux à present le monstrer ?

L'ALCHEMISTE

Je dis encor et asseure immuable
Que mon sçavoir secret et profitable
Ne doibt point estre à tous abandonné,
De peur qu'enfin il ne soit profané :
Ainçois il faut ses principes utiles
Voiler de motz obscurs et difficiles,
Que l'on ne puisse aizement expliquer
Si son travail on n'y veult appliquer.
Jadis Tiphys dans sa nef Argienne,
Alla guidant la troupe Mynienne,
Jusqu'en Colchos pour avoir la toison
Jà destinée aux labeurs de Jason.
Cette toison fut une peau blanchie
Où les secretz de la sainte Alchemie
Estoient escritz tant seulement pour ceux
Qui en vertu se monstroient genereux,
Comme Jason et toute la noblesse
Qui florissoit alors dedans la Grece,

Et qui aimant la science et son bien,
L'eut ceste peau et l'entendit fort bien.
L'enfant Hylas tant cherché par Alcide,
La nef parlante et Tiphys qui la guide,
Les chantz d'Orphée et ses airs doucereux,
La Symplegade et les bans perilleux,
Idmon encor qui, plein de grande audace,
Est terrassé d'un sanglier sur la place,
Les deux enfans d'Aquilon forcené
Chassans par l'air les monstres de Phiné,
Les fiers Taureaux qui en lieu de fumée
Jettoient du feu de leur gueule allumée,
Le champ semé et les membres Geans
Naissans de terre, et felons se tuans,
Et le Dragon vigilant de nature
Que l'on endort par magique murmure,
Les Myniens valeureux et dispos
Lesquels portoient leur mere sur le dos,
Le Dieu Triton donnant à Eurypile
Un verd gazon, duquel nasquit une isle :
C'estoit l'Enigme où les effectz divers
De ce bel art estoient du tout couvers.
« Tant plus un art est precieux et rare,
« Autant doibt-on au vulgaire barbare
« Le rendre obscur, et si on le descrit,
« Que soit sans plus pour ceux de bon esprit »
Aussi ce docte habitant de Stagyre
Voulut jadis ses beaux livres escrire,
Qu'on ne pouvoit entendre aucunement,
S'il n'en donnoit luy-mesme enseignement,
Ou si par peine et diligence extresme
On n'apprenoit ses discours de soy-mesme.
Et ainsi fut Heraclyte incité
D'aller voilant soubz une obscurité
Ses sainctz decretz pour former nostre vie,
Cachez au sein de la Philosophie,

Et d'estre obscur il fut tant desireux,
Qu'on l'a nommé pour cela tenebreux :
Et moy suivant ces deux grandz personnages,
Ces deux Gregeoys si doctes et si sages,
Aux bons Cocus j'enseigneray comment
Or et argent ilz auront largement.

GENIN

Certes je fay d'une chose inconnue
Autant de cas que de vesnes de Grue,
Si ce qu'elle a d'obscurité en soy
N'est faict reluire, et n'est montré au doy ;
Que si tu veux que je preste l'oreille
A tes propos, sois moy, je te conseille,
Non ambigu, ains clair et familier,
Car j'ay l'esprit assez rude et grossier,
Et de nature à se tromper facile.

L'ALCHEMISTE

Escoute au moins les vers de la Sibille :
Mon nom est faict de neuf lettres sans plus,
Et de deux foys deux syllabes entieres ;
Les trois qui vont en ordre les premieres,
Six lettres ont, et l'autre a le surplus ;
Le tout est clos de cinq lettres muettes
Qui ont valeur en leur nombre Gregeoys
De sept fois deux, et de cent par trois fois,
Quand elles sont des voielles distraictes :
Qui connoistra qui je suis par ces vers,
Possedera le sçavoir qui ameine
Avecques luy mille profits divers
Et conduit l'homme à richesse sans peine.

GENIN

Je n'y entend que le haut Allemand.

L'ALCHEMISTE

Escoute encor cecy tant seullement :
Lorsque Mercure une estoile divine
S'ira meslant au Soleil radieux
Et que tous deux leur aspect gratieux
Voudront darder sur la claire Dictynne,
Le jaune Roy, et la Royne argentine,
Espris d'amour ce tyran furieux,
De leurs baizers molz et delicieux
Eschaufferont lentement leur poictrine.
Hanche sur hanche, et le flanc sur le flanc,
Le jaune Roy pressant l'yvoire blanc
Engendrera une fille nouvelle
Qui en naissant toute blanche sera :
Et par le temps blonde, vermeille et belle,
Comme Phœbus en clarté reluira.

GENIN

Parle autrement, ou tais-toy, je te prie,
Tu m'as si bien de ta Philosophie
Le corps, l'esprit et le cœur esperdû,
Que t'entendant je ne t'ay entendu.

L'ALCHEMISTE

Mais que veux-tu me donner de salaire
Si devant toy l'espreuve je peux faire
De ce qui faict ton esprit estonner.

GENIN

Quant est de moy, je n'ay rien à donner.

L'ALCHEMISTE

Pour peu d'escus dont me feras largesse,
Je chargeray tes Cocus de richesse,
Qui en tresors seront plus plantureux
Que n'ont esté les Attales heureux,

Qu'un Roy Gigès n'eut d'or en son Pactole
Et qu'aujourd'huy la puissance Espaignole
N'a en Mexique et au Peru Indoys
De lingotz d'or et d'argent à la foys.

GENIN

Sçays-tu que c'est ? Je t'estime et te prise,
Et comme amy fidelle je t'avise
De retourner en ton païs aymé
Si tu ne veux de coups estre assommé.

L'ALCHEMISTE

Qui me battra ?

GENIN

                C'est ma main fretillarde
Et mon bras fort qu'à grand'peine j'engarde
Qu'il ne se rue et se saoulle un petit
Dessus ton corps d'un gentil appetit,
Il est nerveux et d'une longue aleine
Et ne void point où ses coups il ameine,
De tous costez aveugle se tournant
Et tantost bas, tantost hault forcenant,
Il abat tout, il rompt, il brise, il tranche,
Et bravement s'escrime dans sa manche.
M'entendz-tu bien ? je suis, comme je croy,
Plus familier et plus ouvert que toy.

L'ALCHEMISTE

C'est assez dict : je connoy ta menasse
Sans que l'essay sur ma teste s'en fasse :
Je me retire en un lieu plus connu,
Où mieux qu'icy je seray bien venu.

GENIN

Va autre part monstrer ton imposture
A ces frais prins, dont la simple nature

Se laisse aller comme on veut à plaisir,
Et non à ceux qui n'ont point le desir
De s'abuser, et soy-mesme seduire
Par un faux bien qui leur bien faict destruire,.
Et dont l'attente et le trompeux espoir
Fait l'incertain pour le certain avoir.

LE SOPHISTE

Celuy qui est des essences l'essence
Et seul moteur de toute autre substance,
L'esprit divin, où reposent divers
Subjectz formez parmy tout l'univers
Comme en Idée, et dont la voix sacrée
Va naturant nature naturée,
Veuille garder accidentellement
Tous les Cocus de mal et de tourment.

GENIN

Me voicy bien : à peine ay-je la chasse
Donné aux uns, que d'autres sont en place
Qui vont troublant mon aize et mon repos :
Mais j'ay le bras encore assez dispos
Pour me jetter dessus ceste canaille
Et l'envahir et luy livrer bataille.
Que viens-tu querre en ce bois deserté
De nulles gens fors les Cocus hanté ?

LE SOPHISTE

Je viens pour dire aux Cocus la maniere
De disputer sur chacune matiere
Probablement.

GENIN

Comme quoy ?

LE SOPHISTE

S'il te plaist
M'entendre un peu, tu connoistras que c'est.

GENIN

Parle, j'entends.

LE SOPHISTE

Qui donne à un digne homme
Du nom loué de liberal se nomme.

GENIN

Où veult venir ta proposition ?

LE SOPHISTE

Tu l'entendras par la conclusion,
Or les Cocus genereux et insignes
Tousjours entr'eux donnent aux hommes dignes,
Et à nulz sont en leur largesse esgaux :
Partant sont-ilz à bon droict liberaux.

GENIN

Je connoy bien où tu veux jà descendre.

LE SOPHISTE

Mais je le vay faire bien mieux entendre.
Tous ceux vrayment sont dignes d'estre aymez,
Qui vont donnant aux sages estimez,
Dict Aristote en cent mille passages :
Or les Cocus donnent aux hommes sages,
Ergò il faut les aymer entre nous
Et les cherir comme benins et doux :
N'est-ce conclud en premiere figure ?

GENIN

Tu sçais fort bien proposer et conclure,
Mais je n'entends ton ergò de pourceau.

LE SOPHISTE

Si nous rompt-il bien souvent le cerveau
En ergotant de noz genres infimes,

Des transcendans, des specialissimes,
Des differens, des propres, et comment
On les rapporte à leur Predicament,
Et qu'est Socrate, est-ce un homme risible ?

GENIN

Ce n'est pas peu de dispute penible
Qui se bastit, brouillant la verité
Sur cet ergò qui est tant ergoté,
Et qui hautain, sur les ergotz te dresse
Pour ergoter de tes ergotz sans cesse.

LE SOPHISTE

Par luy je suis maistre es artz approuvé.

GENIN

Ne veux-tu point estre encore lavé
En maistre es arts, ainsi qu'on vesperise
Ceux-là qui ont les degrez de maîtrise
Qui par trois ans ont esté diligens
D'aller faisant leur cours souz leurs regens,
Et qui prenans quatre cornes en teste,
Sont tous huppez comme un coq à la creste,
Mouvent en chair, et bras et cropion,
Estans vestus de leur lirippion ?

LE SOPHISTE

Quand j'estois jeune, et encore en bas âge,
Vieil de sçavoir, et jeune de visage,
Il me souvient qu'à l'escolle des artz
Je feus longtemps secoux de toutes partz
De noz tousseurs qui la toux tousjours toussent
Et en toussant bien souvent se courroussent,
Qu'il feut tappé des mains, Dieu sçait comment !
Quand il failloit resoudre un argument,
Et que je dis en toussant ma harangue
Faisant tonner des accens de ma langue

Toute l'escolle, et repetant sans fin
Un beau *Quamquam* et un *Verô* latin :
Longtemps depuis j'ay regenté aux classes
Suivant partout les marmites plus grasses
Des principaux, qui tant plus me plaisoient
Que je voyois que plus ils depensoient.
Qui de nombrer a oncques eu envie
Combien de culs j'ay fessé en ma vie,
Il pourra bien quant et quant estimer
Combien de sable est roulé dans la mer
Parmy les flotz jusqu'au bord d'une rive,
Et combien d'eau sourd d'une source vive,
Combien au Ciel il y a de flambeaux
Et dans Libye il y a de monceaux
L'un dessus l'autre et de poudre et d'arene
Lorsque Zephyre esvente son alene ;
Et maintenant que je suis tout chenu,
De plus fesser je me suis abstenu :
Tout me deplaist, rien ne m'est delectable
Qu'avoir bon feu et le ventre à la table,
Et quand il faut disputer devant tous,
Je suis plus froid, plus modeste et plus doux
Que je n'estois en ma verde jeunesse,
Lorsque mon cœur bouillonnoit d'allegresse
Et que j'allois en braillant et criant
Les plus sçavans au combat deffiant,
Qui me cedoient, ne craignans tant ma force
Comme ilz craignoient ma ruze et mon entorce.

GENIN

Si tu es sage et amy de ton bien,
Crois mon conseil et t'en trouveras bien.
Je ne suis point ny un Sophiste rogue,
Ny fesse-cul, regent, ny Pedagogue,
Ny trop aussi sur la dispute ardent,
Et si je veux que tu m'ailles cedant :

Ou autrement maistre baston qui picque
Plus que ne faict l'argument sophistique
Viendra en place, et frappera si hault
Que ne pourras respondre à son assaut.

LE SOPHISTE

Pourquoy cela ?

GENIN

          Encore tu demeures
Ne voulant croire à mes parolles seures ?
N'iras-tu pas, espece d'animal
Qui es venu chercher icy ton mal ?

LE SOPHISTE

Ne me batz plus, je m'en vay, je te laisse.

GENIN

Or va-t'en donc, mais va-t'en de vitesse,
Si tu ne veuz que ton individu
D'infiniz coups ne demeure perdu,
Ou que son corps de ma main fiere et rude
N'aille sentant dedans son habitude,
Par accident quelque privation,
Et que son propre à ceste occasion
Soit depery de la substance sienne
Et que jamais le doux ris ne luy vienne.

LE SOPHISTE

J'ayme doncq' mieux m'en aller de ce pas.

GENIN

Si tu y faulx, je ne te faudray pas :
Et quant à moy, pour fuir la presence
D'un tas de foulz, qui pensent leur science
Vendre aux Cocus qui n'y ont point d'esgard,
Je me retire en ce bois à l'escart.

8

STROPHE

CHŒUR

C'est à ce coup que les mortelz
Nous connoistront puissans et telz,
Qui sans nous rien ne pourront faire
Et qu'ilz viendront nous adorer
S'ilz veullent aizes demeurer
Souz nostre garde salutaire.
La vigne sacrée à Bacchus
Sera gardée des Cocus,
Et les semences que la terre
Dedans son large sein enserre,
Dehors espoindre nous ferons
Et du danger les osterons
Des bruynes et de la nielle,
Et de l'orage de la gresle :
Bref les fruictz d'automne et d'esté
Nous mettrons en maturité,
L'hyver ne nuira point aux plantes
Et aux beaux boutons germoyans,
Aux arbres et aux jeunes entés
Et moins aux jardins rozoyans
Nous chasserons toute vermine
Qui mange et consume maline
Les herbes et les belles fleurs
Diverses de mille couleurs.

EPIRRHEME

LA CAILLE

Je veux advertir ceux qui jamais ne s'abstiennent
De blasmer les Cocus, quand les propos s'en tiennent,
Qu'ilz n'en parlent plus mal, ou, s'ilz les vont nommant,
Que ce soit en honneur et non en les blâmant.

Ilz blasonnent leur voix claire, sonnante et pleine,
Prochaine des accens que tient la voix humaine,
Et le cygne sacré au loing dardant Phœbus,
Qui chante doucement aux rivages herbus
Du fleuve de Meandre, et chantant se lamente
De la mort qui desjà voisine le tourmente.
Ilz les nomment Oyseaux qui ne vont en tout temps,
Sinon en la saison que florist le printemps,
Et fuyent en esté lors que la canicule
De ses rayons ardens toute la terre brusle,
Volages, incertains, farouches, passagers,
Et n'ayment rien surtout que les lieux estrangers,
Vilains extremement d'aspect et de figure,
Phlegmatiques et pleins de salive et d'ordure ;
Et pour les mespriser encore plus entr'eux,
Quand ilz vont denotant un homme paresseux,
Fayneant, imbecile et de nulle entreprise,
Et qui rien du passé, rien du present n'advise,
Laissant couler le jour et la nuict sans avoir
Dedans l'esprit le soing de suivre son devoir,
Et ayant mauvais bruict à cause de sa femme,
Disent qu'il est Cocu scandaleux et infâme,
Ne voulans exprimer par autre nouveau nom
Sa grande lascheté et son mechant renom.
Ilz les blâment aussi qu'ilz vivent solitaires,
Qu'ilz hayent leur espece, et qu'ilz luy sont contraires,
Seulz de tous les Oyseaux qui vivent en discord
Et ne peuvent ensemble avoir aucun accord.
Ce n'est tout que cecy, ilz les notent de vice,
Les appellent ingrats et farcis de malice,
De quoy ilz vont tuant ceux qui les ont nourriz :
Et de là les Françoys ont le proverbe appris,
Qui taxant des ingrats la mechante nature,
Les nomme de Cocus l'ingrate nourriture
Et les faict ressembler aux Cocus qui n'ont pas,
Comme est le dict commun, la nature d'ingratz.

Mais quoy ? pourrois-je mieux reprendre le mensonge
De tous ceux dont la dent le Cocuaige ronge,
Que par vous, spectateurs, qui avez escouté
Quelle est des sainctz Cocus la gratieuseté,
Qui bastissans en l'air une nouvelle ville
Et ensemble vivans en police civile,
Gouverneront le monde et jamais ne seront
Ingratz envers ceux-là qui les honoreront,
Ny gratieux à ceux dont le mechant langage
S'essaye de les mordre et de leur faire outrage,
S'ilz ne changent de meurs et ne sont desormais
Alliez aux Cocus d'une eternelle paix ?

ANTISTROPHE

CHŒUR

Heureux les Cocus dont la voix
Resonnante dedans les boys,
Predict la venue amoureuse
Du Dieu Jupiter qui descend
Au sein de sa femme et la rend
De fleurs et de fruictz plantureuse ;
Alors les mariniers dispos,
D'engins vont roulant sur le dos
De Tethys les oinctes navires,
Et lors Eole tu retires
Les ventz et les metz en prison :
Et Neptune en ceste saison
Commandant aux seurs Nereides
D'atteler ses chevaux humides,
Desireux de voir l'air si beau,
Lieve sa teste hors de l'eau,
Et tient son Trident en la dextre
Et ses chevaux moites d'ahan
Il va guidant de la senestre
Et rasserene l'Ocean.

Tout rit alors, soit dans les plaines,
Soit aux forestz sombres et pleines
D'oyseaux qui entonnent leurs chantz,
Soit aux prez, aux montz et aux champs.

ANTEPIRRHEME

LA CAILLE

Vous rirez, spectateurs, de ma corne, peut-estre,
Que vous voyez ainsi sur mes fesses parestre
Contre le naturel des Cailles qui n'ont point
Dans leur cul une corne affichée en ce point;
Mais de quoy rirez-vous? Ce n'est pas de merveille
Si aux autres Oyseaux je ne suis pas pareille,
Puisqu'aux bestes pareil n'est le Rhinoceros
Estant cornu au nez, aux fesses et au dos.
Que si vous contemplez en vostre ame profonde
Les debvoirs de nature et ses effaictz au monde,
Cela vous sera plus pour prodige tenu
De voir un Dieu au front ou un homme cornu,
Qui sont formez parfaictz, que de voir en nature
La Caille avoir au cul une grand'corne dure.
Toutefois les mortelz et les Dieux ont esté
Cornuz dessus leur front remply d'authorité;
Cornu feut ce Rommain magnifique et brave homme,
Cippus qui refusa d'estre tyran de Romme,
Aymant mieux s'exiler de son propre vouloir
Qu'en son païs natal la Monarchie avoir;
Cornue estoit Metis que Jupiter son pere
Devora d'un morceau pour ne la voir point mere
D'un enfant qui debvoit tous les Dieux surmonter
Et ravir fierement le sceptre à Jupiter;
Cornu estoit aussi à son vouloir Prothée
Prossé de Menelas ou du jeune Aristée,
Et feut cornue encor celle qui secouroit
Son pere Erisycton lequel de faim mouroit;

Cornue feut Isis, fille du vieil Inache,
Ayant son corps caché dans une belle vache,
Et cornu feut le filz du Pylien Nelé,
Le fort Peryclimene, auquel feut escoullé
Par son ayeul Neptune un pouvoir admirable,
Ores d'estre Taureau ou quelqu'autre semblable,
Et la race de Cadme, Actéon le veneur
Eut deux cornes au front à son très grand malheur.
Les fleuves sont depeintz à leurs sources sacrées
De deux cornes ayans les testes honorées,
Et comme eux l'Achelois on eust aussi orné,
Ne feust que par Hercul' son front feust ecorné.
Cornu est le Soleil, la Lune a double corne,
Et dans le firmament, cornu le Capricorne,
Le Belier, le Taureau, trois astres radieux
Qui luisent clairement en la vouste des Cieux.
Le Dieu Nyctelien engendré de Semele
Porte dessus le front une corne jumelle,
Comme sont les Satyrs et Pan le Dieu berger,
Et cornu fut Jupin quand il voulut changer
Son corps, qui enduroit un amoureux martyre,
En Taureau, en Belier, et en cornu Satyre,
Se faisant adorer maintenant du surnom
De Jupiter belier par les prestres d'Ammon.

LE MESSAIGER

Où est, où est Genin? Qu'on le m'asseure;
Où est Genin, où est-il à ceste heure?

GENIN

Que me veux-tu? diz, parle, me voicy.

LE MESSAIGER

Noz murs sont faictz, et nostre ville aussi.

GENIN

Tout est-il bien?

LE MESSAIGER

Il ne peut davantage,
Soit que l'on veuille ou regarder l'ouvrage,
Ou la matiere, et qu'on en juge à l'œil,
Rien ne se void en terre de pareil,
D'un rang espais les maisons compassées
Sont jusqu'au Ciel hautement avancées,
Et ce qui semble encores merveilleux,
Tous les logis sont palais orgueilleux,
Les murs sont hauts et longs et imprenables,
Et tellement en largeur admirables,
Que six chevaux lesquelz se rencontr'ont
Estans chargez à six autres de front,
Sans se heurter l'un ny l'autre en leur charge
Les passeront et y courront au large.

GENIN

Voylà grand cas.

LE MESSAIGER

J'ay les murs mesuré,
Ilz peuvent bien avoir en leur quarré,
Sans point mentir, quinze toizes entieres,
Et en circuit il ne s'en faut de gueres
Qu'ilz ne soient longs comme jadis estoient
Ceux où les Roys d'Assyrie habitoient,
Qu'un homme prompt ne pouvoit à grand'peine
Circuir autour en une my-sepmaine.

GENIN

O Dieux puissans! quelle longue largeur!
Quoy! noz Cocus ont-ilz de leur labeur,
Sans estre aydez d'autres que de leur sorte,
Si tost basty une ville tant forte?

LE MESSAIGER

Ilz ont loüé pour le service d'eux
Quelques oyseaux pauvres et souffreteux,
Qui diligens d'aller gagner leur vie
Ont avancé NEPHELOCOCUGIE.

GENIN

Que servoient-ilz ?

LE MESSAIGER

                    Les Ciçoignes voloient
Dedans la terre, et de là s'en alloient
De leur long bec à la pointe crochue
Portant en l'air de l'ardoize menue
Et de la brique, et jettoient leurs fardeaux
Tous estenduz sur la nue à monceaux ;
D'un ordre long les Grues accourantes
Deçà, delà apportoient diligentes
De gros tuffeaux, qu'elles tenoient aux piedz
Et les bailloient aux Herons dediez
A les tailler, les mettre en escarreure,
Et les orner de subtile mouleure,
Lesquelz n'usoient de riflard, de marteau,
Ny de bec-d'asne ou d'un pointu ciseau
Pour travailler comme ceux de la terre
Qui dextrement besongnent sur la pierre ;
De tout cela leur bec aigu au bout
Servoit assez et suffisoit pour tout,
Tranchant plus fort que n'eust faict une lame
D'un fin acier qui toute chose entame.

GENIN

Qui fournissoit de mortier, dy-le-moy ?
Vous en aviez loüé, comme je croy.

LE MESSAIGER

De toutes partz couroient les arondelles
Et en callant sur la terre leurs ailles,
Alloient faisant de mortier un amas,
Et le chargeant sur leurs cuisses en bas
Montoient en haut et pressoient leurs deux cuisses
En la façon que pressent les nourrisses
Entre leurs bras leurs enfançons, affin
De leur donner du lait de leur tetin,
Les resjouir, ou les porter esbattre,
Ou leurs hautz cris par flattemens abattre.

GENIN

Qui espendoit le mortier amassé
Dessus la brique et le tuffeau dressé ?
Vous n'aviez point, ce croy-je, de truelle.

LE MESSAIGER

Je te diray nostre invention belle.

GENIN

Conte la doncq ?

LE MESSAIGER

      Nous n'avions homme aucun
Et n'en voulions loüer aussi pas un
En ceste affaire, ains, affin que tu oyes,
A nous ayder nous louasmes des Oyes,
Qui le mortier de leurs pattes prenoient
Et çà et là sur les murs l'ordonnoient,
L'alloient joignant ensemble à la matiere,
Et le paroient en la mesme maniere
Dont le maçon va usant au besoing
Quand sa truelle il faict marcher au poing.

GENIN

Qui penseroit que des piedz on peust faire
Autant ou plus que des mains son affaire ?
O nouveauté entre tous les humains,
De besongner des piedz comme des mains !
Et toutesfois les Oyes de leurs pattes
Qui largement sont ouvertes et plattes,
Peuvent, quel art, gentiment travailler
Et sur les murs le mortier esgailler.
Ainsi jadis en Tholoze Pedocque,
Si en mentant l'hystoire ne se mocque,
De ses deux piedz formez en pied d'Oyson
Faisoit assez de besongne à foison,
Et d'elle vient le remuement agile
Qu'on va usant des piedz en ceste ville
Et d'elles sont les jeux de brodequins,
Les tourdions, et les beaux mannequins.
Mais je te prye, poursuivant ton message,
Raconte-moy qui conduisoit l'ouvrage,
Qui commandoit, qui veilloit soucieux,
Et qui servoit aussi d'ingenieux ?

LE MESSAIGER

C'estoit le Roy.

GENIN

        Le Roy seul veux-tu dire ?
Pouvoit-il seul sans lieutenans suffire
A commander, à guider les maçons
Et à pousser l'œuvre en toutes façons ?
« Celuy qui est le Monarque et le Prince
« D'un peuple grand d'une grande Province,
« A faire tout ne peult pas arranger ;
« Il va s'aydant, pour mieux se soulager,
« De ceux qui sont idoines et capables
« De commander en charges honorables. »

LE MESSAIGER

Le Roy tout seul ne commandoit aussi,
Car il n'eust peu souffrir tant de soucy,
Tant de travail, tant de fatigue en somme.
Mais les Cocus que Cocuans on nomme,
Qui ont l'esprit gaillard, gentil et vif,
Et le courage encore plus actif,
Dont le beau poil et le visage insigne
De commander à noz Cocus est digne,
Estoient commis pour les maçons guider
Et à chacun sa tâche commander.

GENIN

C'estoit bien faict, il n'en falloit point d'autres
Plus suffisans commettre entre les nostres,
Comme Platon philosophe ancien,
Dessouz le nom de Socrate dict bien :
« Que tout le corps d'un peuple qui s'assemble
« Dans une ville en union ensemble,
« Contient en soy trois sortes de bourgeois :
« Les uns sont d'or qui regnent comme roys,
« Nobles de cœur, de vertus et de race,
« Et comme l'or tous les metaux surpasse
« En prix, en lustre et en riche splendeur,
« Passent ainsi en royale grandeur
« Leurs citoyens, qui prisans leur puissance,
« Leur vont portant une humble obeyssance,
« Et les secondz sont de l'argent formez,
« Moindre que l'or, moins que l'or estimez,
« Et toutesfois non pas moins necessaires
« Pour ordonner les publiques affaires,
« Riches de biens, d'honneur, d'authoritez,
« De hautz estaz et grandes dignitez,
« Nez au commun et respirant la vie
« Tant seullement pour servir leur patrie,

« Et en tous lieux pour elle estre bandez,
« Or' commandans et ores commandez ;
« Et les derniers sont de bronze ou de cuivre
« Lesquelz sans nom en leur ville on void vivre,
« N'ayant esprit ny force auculnement
« Pour estre crainctz en leur commandement;
« Humbles bourgeois lesquelz sans plus se rendent
« Obeissans à ceux-là qui commandent
« Et se rangeans sur le veuil de leurs loix,
« Comme un troupeau suit du pasteur la voix,
« Qui çà et là, sifflant parmy la plaine,
« Tout escarté le rassemble et l'ameine :
« Ainsi suivans leurs chefs qui sont les grandz
« Et à leur voix aussitost comparans,
« Pour autre bien le sort ne les faict naistre
« Que pour servir, et souz les autres estre. »
Ny plus ny moins j'affermeray aussi
Que les Cocus sont signalés ainsi
De trois degrez dedans leurs republiques :
Les premiers sont braves et magnifiques,
Nobles, hardis, puissans et invaincus
Comme grandz roys honorez des Cocus,
Et n'esclavans souz aucune personne
Leur majesté, leur sceptre et leur couronne.
Et les secondz Cocuans appelez,
Sont du pouvoir des premiers recullez,
En ce qu'ilz sont subjectz à leur empire
Et qu'à leur veuil ilz n'osent contredire;
Mais toutesfois comme Oyseaux factieux,
De bon esprit, gentilz, ingenieux,
Ilz sont commis des Roys en l'exercice
De commander et voir sur la police,
Et les derniers sont les Cocus niays
Qui commandez ne commandent jamais,
Humbles Oyseaux, infimes, populaires,
Sans dignité, sans rang et sans affaires,

Gens sans esprit, gens qui ne peuvent rien,
Pleins de lourdesse, ignorans de tout bien,
Qui seullement comme esclaves attendent
La volonté de ceux qui leur commandent :
A souffrir tout de nature dispos,
Quelque fardeau qu'on mette sur leur dos.

LE MESSAIGER

Escoute encor que le reste je die
De mon message.

GENIN

Or poursuis, je t'en prie !

LE MESSAIGER

Noz murs ainsi dextrement ordonnez,
Et mieux dressez, bastis et maçonnez,
Il ne restoit pour les murailles clore
Que des portaux et pont-levis encore :
Et n'ayans point de Cocus charpentiers,
Qui de doler le boys feussent ouvriers,
Le Roy voyant tarder nostre entreprise,
D'un beau moyen en son esprit s'advise :
Il envoya de ces Oyseaux chercher
Qu'on voit au creux des arbres se cacher
Et faire un bruict dans la ramée espaisse
Fendans le boys et becquetans sans cesse,
Robustes, fortz, en leurs plumages verdz,
Oyseaux de Mars et appelez Pycvers.
Ces Oyseaux promptz et ardens à leur tâche
D'un bec pointu qui leur servoit de hache
Et de rabot et de sie à la fois
Pour bien polir et pour fendre le boys,
En peu de temps leurs portaux acheverent
Et sur des gondz aux murz les esleverent
Bien chevillez, bien clouez et bien joinctz,
Bien charpentez et garniz de tous points :

Diversement ils fournirent les portes
De pont-levis et de herses bien fortes,
N'obmettans rien qui feust propre au mestier
D'un plus expert et sçavant charpentier.
Et maintenant que la ville est parfaitte,
Dedans les murs on faict fort bonne guette,
De gros cailloux sont fourniz les creneaux,
Et les Cocus tous les jours aux portaux
Gardent l'entrée et si bien se maintiennent,
Qu'autres que nous dans la ville ne viennent.

CHŒUR

Que resves-tu ainsi profondement ?
Es-tu espris de quelque estonnement
Que noz Cocus ardens à leur affaire
Ont peu si tost leur grand'ville parfaire ?

GENIN

Cela vrayment me faict un peu songer,
Et si n'estoit la foy du messager,
Je ne croiroy chose si admirable
Qui sembleroit n'estre point veritable.
Mais devers nous accourir j'aperçoy
Un des Cocus de la garde du Roy,
Tout effrayé et à sa contenance
Rien n'apportant qu'une triste occurrence.

LA GARDE

Helas ! helas !

GENIN

Qui te rend esperdu ?
Dis, respondz-moy.

LA GARDE

Helas ! tout est perdu !
Car l'un des Dieux, de ces Dieux là qui vivent

Dedans le ciel, et leur Jupiter suivent,
A maintenant nostre garde faussé,
Et malgré nous s'est de tant avancé
Que de passer à travers nostre ville
Et se jetter luy seul contre cent mille.

GENIN

O grief forfaict! ô acte audacieux!
Ne sçais-tu point lequel est-ce des Dieux ?

LA GARDE

Je n'en sçay rien, car la crainte non vaine
Qui se saisit de mes membres soudaine,
Ne m'a permis que j'eusse le loisir
De l'adviser et connoistre à plaisir ;
Trop bien je sçay qu'il porte au dos des ailles
D'un beau plumage, et luisantes et belles.

CHŒUR

Le Roy n'a-t-il semond aucun Cocu
Pour le poursuivre et l'arrester sur cu ?

LA GARDE

De grande ardeur et diligence extresme
Il le poursuit en personne luy-mesme,
Accompaigné des Cocus plus vaillans,
Qui de colere et de fureur bouillans
Courent par l'air, pour prendre leur vengeance
De ce Dieu là qui leur a faict offense.

CHŒUR

Allons après, hastons-nous, il le fault,
Sus, sus, alarme, au combat, à l'assaut,
Ça, ça, des arcs, ça, des fleches, qu'on s'arme.

LA GARDE

Ainsi, amys, courage, alarme, alarme,
Tous, tous ensemble en mesme bataillon
Donnons de front et ce Dieu assaillons.

STROPHE

CHŒUR

Une guerre non veüe
Ny oüie en ces lieux,
Est maintenant emeüe
Par nous contre les Dieux ;
Mais que chacun s'avance
D'aller en diligence
Prendre vol, et parmy
Le vuide et son espace,
A ce fier ennemy
Que l'on donne la chasse.
Sus, poursuivons ses pas,
Loing de nous il n'est pas,
Tost, tost, qu'on s'appareille,
De ses ailles le bruict
Qui par l'air l'entresuict
A frappé nostre oreille.

GENIN

Qui vole là ? Demeure là ! demeure !
Cesse ta course et nous dis à ceste heure
D'où t'en viens-tu ?

IRIS

Je m'en viens des hautz cieux
Par le vouloir du grand Prince des Dieux.

GENIN

Quel est ton nom ?

IRIS

Iris, Deesse isnelle.

GENIN

Comment, Deesse, ou femme ou bien pucelle ?

IRIS

Pourquoy cela ?

GENIN

Ah ! tu veux contester ?
Aucun de nous n'ira-t-il l'arrester ?

IRIS

Arrester moy ?

GENIN

Ouy.

IRIS

Il n'est facile
De m'empoigner, moy qui suis si agile,
Et qui me peuz invisible escouler
Dedans la nue en l'espaisseur de l'air,
On me changer en mille et mille sortes.

GENIN

Qui t'a permis d'entrer ainsi aux portes
De nostre ville, et noz murs traverser
Pour nous braver et pour nous courroucer ?

IRIS

Je ne sçay point quelles portes j'ay ores
Peu traverser.

GENIN

Tu te mocques encores.
Qui t'a donné sauf-conduict ?

IRIS

  Qu'est cecy ?

GENIN

N'avois-tu point de passe-port aussi ?

IRIS

Mais resves-tu ?

GENIN

  Nostre ronde fidelle,
Nostre patrouille et nostre sentinelle
Ne t'a le mot de nostre guet donné ?

IRIS

Je n'ay rien veu, ô vieillard forcené !

GENIN

Et qui t'a faict si folle et si hardie
Non de passer Nephelococugie
Tant seullement, ains bien de t'envoler
Parmy la nue et l'espace de l'air ?

IRIS

Par quel chemin est-ce doncq que tu cuide
Qu'aillent les Dieux, sinon par l'air liquide?

GENIN

Je n'en sçay rien, si ne voulors nous-pas
Que par nostre air ilz volent plus en bas,
Ores qu'ilz soient celestes et qu'ilz puissent
Nous opposer le droict dont ilz joüissent
D'aller par l'air, et qu'on n'a aucun Dieu
Gardé jamais de passer par ce lieu.
Et si n'estoit que tu es femme et telle
Qu'au ciel n'y a de Deesse plus belle,

Tu ne serois sans danger parmy nous
Dont n'est petit bien souvent le courroux.

IRIS

Quel dur tourment souffriroy-je Deesse ?

GENIN

Et tu mourrois.

IRIS

Je ne meurs point.

GENIN

Si est-ce
Qu'ayant forfaict vers nostre majesté,
Rien que la mort tu n'as jà merité,
N'estoit ton sexe auquel toute franchise
D'aller partout volontiers est permise.

IRIS

Mon sexe seul me peut doncq garantir.

GENIN

Où t'en vas-tu ?

IRIS

Je m'en vays advertir
Tous les mortelz qu'ilz delaissent leur vice
Et qu'aux grandz Dieux ilz fassent sacrifice,
Ou autrement que les Dieux irritez
Les domteront de mille adversitez.

GENIN

Quelz Dieux dis-tu ?

IRIS

Nous qui dans le ciel sommes
Et commandons à la race des hommes.

GENIN

Vous estes Dieux ?

IRIS

Et qui sont Dieux, sinon
Ceux qui au ciel ont des Dieux le renom ?

GENIN

Mais ces Dieux là plus icy ne commandent,
Ains les Cocus qui leurs forces estendent
Dessus la terre, aux cieux et aux enfers
Et bref partout ce grand monde univers,
Auxquelz il faut que l'homme s'humilie,
Leur fasse honneur et leur sacre sa vie,
Non à voz Dieux et non à Jupiter
Dont le pouvoir n'est plus à redoubter.

IRIS

Ah ! malheureux ! n'esmeuz point à colere
Les Dieux puissans et Jupiter leur pere,
De peur qu'estans une foys courroussez
Et contre toy à vengeance poussez
Ilz n'aillent mettre en tout malheur extresme
Toy et ta race et ta famille mesme,
Et que ne sois diffamé de renom
Pour n'avoir craint leur puissance et leur nom ;
Car bien qu'aux piedz ilz soient feutrez de laine,
Que lentement ilz glissent par la plaine
Sans faire bruict, sans qu'ilz semblent vous voir
Connivans presque à vostre fol vouloir,
Si est-ce alors qu'ilz vous peuvent atteindre.
Leur ire est grande et terrible et à craindre,
Bruyant bien fort : comme un torrent qui sourd
Du haut d'un mont et tout à val s'encourt,
La vague à l'autre en mille bondz se roulle,
Et du grand bruict dont sans celle elle coulle,

L'air retentist et resonne le mont
Et les vallons muglent jusques au fond :
Ainsi les Dieux se font bien loing entendre
Quand leur fureur commence à les esprendre,
Et que sans cesse ilz vont plenvant des cieux
Mal dessus mal aux hommes vicieux
Qui vont servant de miroir et d'exemple
Envers celuy qui leurs malheurs contemple,
De ne vouloir aux grandz Dieux s'attaquer
Et de leur nom, profanes, se mocquer.

GENIN

Cesse ta jappe et de ton vain langage
Ne pense pas eschanger mon courage.
Non je te dis et je diray sans fin
Que les Cocus sont plus grandz que Jupin,
Ny que les Dieux hautz, moyens et barbares,
Faunes, Sylvains, Indigetes et Lares.
Que si ces Dieux et Jupiter puissant
Desquelz si fort tu me vas menassant,
Ne veullent pas, orgueilleux de leur estre,
Pour leurs seigneurs les Cocus reconnestre,
Ilz se verront dans leur ciel assieger,
Et aizement affronter et ranger,
N'ayans moyen si grand de se deffendre
Qu'ilz ne soient mis au hazard de se rendre.
Jadis Briare, Encelade, Gyas,
Porphyrion, Rhete, Cée et Mimas
Et les Titans ayans planté l'enseigne
Contre les Dieux sur la double montaigne
Faicte par eux pour le ciel escheler,
Et pour Jupin au combat appeler,
Bien que leur trouppe en nombre feust petite,
Se meirent-ilz telle crainte subite
Au cœur des Dieux estonnez et craintifs,
Que la pluspart en Egypte fuitifs

S'alloient changeant or' en cheval agile,
Ores en chien, ores en crocodile,
Et en ibis, en corbeaux, en poissons,
En bœufs, en chatz et en mille façons.
Si les Cocus qui en force surpassent
Les fortz geans et en nombre les passent,
Avec les Dieux s'acharnent aux combatz,
Combien plustost les mettront-ilz au bas
Et les feront des Dieux espouvantables,
Palles, craintifz, fuyardz et miserables,
Plus que jamais contrainctz par leurs effortz
De se changer encore en nouveaux corps ?

IRIS

Tu parles bien à ton aize des choses
Des Dieux auxquelz tes Cocus tu preposes :
Mais tu n'as point sur la teste reçeu
Ny leurs fureurs, ny leur foudre et leur feu ;
Si une fois esprouvé tu les eusses,
En tes propos plus modeste tu feusses.

GENIN

Sçais-tu, Iris, ton babil outrageux
Par trop desjà m'est moleste et fascheux,
C'est trop user envers moy de bravade,
Si je te prens tu auras la saccade,
Et tout vieillard que je sois et sans cœur,
Sans sentiment, sans force et sans vigueur,
Je te feray, sans que ruer tu puisses,
A mon plaisir escarquiller les cuisses,
Et te rangeant au montoir devant moy,
Pour voir plus loing je monteray sur toy,
Courant, postant d'une carriere prompte.

IRIS

Va, vieil rossard, comment n'as-tu point honte

De proferer des motz si mal seans,
A toy qui doibz estre meur par les ans,
Sage, prudent, et pezant ta parolle
De peur que rien hors de toy ne s'envole
Qui ne soit bon et ne soit comporté
De tous ceux-là qui l'auront escouté.

GENIN

Encor veux-tu trancher de la sçavante ?
Va hors d'icy, va, et te diligente
Sans plus muzer.

IRIS

                    Bien doncques je m'en vaiz;
Mais, pauvre fol, voy bien ce que tu fais,
Les Dieux de qui tu morgues la puissance
Sçauront fort bien prendre sur toy vengeance.

GENIN

Ah ! ne veux-tu soudain te depescher
Pour t'aller faire autre part chevaucher ?

STROPHE

Aux Dieux nous avons faict deffendre
Qu'ilz ne soient hardis d'entreprendre
De plus nostre ville passer
Et par le vague traverser,
Ne voulans servitude aucune
Qui soit entr'eux et nous commune,
Car nous aymons seulz commander
Et des hommes les sacrifices,
Seulz recepvoir et regarder,
Et tous seulz leur estre propices :
Les Dieux en leur diviuité

Commandent au ciel l'un à l'autre,
L'air, l'onde et la terre soit nostre
Subjecte à nostre majesté.

GENIN

Voici venir devers nous à grand'erre
Quelque herault des hommes de la terre;
Sçachons un peu ce qu'il veut declarer.

LE HERAUT

Qui me pourra maintenant asseurer
Où est Genin ?

GENIN

Me voicy ce luy-mesme.

LE HERAUT

O noble Oyseau ! ô plein d'honneur supresme !
Les hommes faictz heureux par ton moyen,
Pour reconnoistre un tel souverain bien,
D'un mesme accord pour orner ta personne
T'ont envoyé cette belle coronne.

GENIN

Je la reçoy, mais quel heur fortuné
Pourroys-je avoir aux hommes moyenné ?

LE HERAUT

Devant que feust vostre ville bastye
Ilz souspiroient toute melancholie,
Et Jupiter espuisant ses tonneaux
Ne leur versoit en terre que des maux,
Et peu de biens subjectz à la fortune,
Et à la dent de l'envie importune,
Ilz vivotoient sans consolation
Avecq ennuis et mainte affliction.

Le cruel Mars esmouvant les courages
Aux fiers combatz, aux meurtres, aux carnages,
Parmy la plaine entassoit à monceaux
Les corps humains pasture des corbeaux,
Razoit les fortz, demanteloit les villes,
Ou les rendoit esclaves et serviles
Dessouz les loix des fortes garnisons,
Qui s'emparoient des plus riches maisons,
Les butinoient et en faisoient partage
Comme du bien de leur propre heritage :
Guerres, combatz, procès mal intentez,
Contentions, fraudes, impietez,
L'ambition, l'orgueil et l'avarice
De l'homme estoient l'ordinaire exercice :
On ne voyoit plus regner la vertu,
Dessuz, dessouz, tout estoit abattu,
Et l'action des hommes dereglée,
D'aucun esgard ne se voyoit reglée.
Qui la vertu, qui le vice servoit,
Qui tous les deux en mesme temps suivoit,
Chose incroyable et ensemble de vice
Et de vertu s'armoit en sa malice :
Bref un chacun selon sa passion
Regloit son ame et son affection,
Sans autrement se soucier de suivre
Le beau chemin qui conduist à bien vivre,
S'il ne voyoit que son profit y feust
Et que beaucoup de gaing il en receust.
Or maintenant que vostre ville est faicte,
Tous sont comblez d'une joye parfaicte
Et les soucis et les maux inhumains
Ont delaissé la terre et les humains :
La paix, l'amour et la saincte concorde
Unist les cœurs qui estoient en discorde,
Tout se void bien en ordre compassé
Et la vertu a le vice chassé.

Mais ce qui est beaucoup plus admirable,
Chacun de meurs aux Cocus est semblable
Et vous admire et en ses actions
Suit voz humeurs et voz complexions;
On ne s'en chaut de chose qu'on advise,
Tout accident, tout chagrin ou mesprise,
En bonne part on prend tout et on croid
N'avoir point vu ce qu'en presence on void.
L'homme n'est plus jaloux de son espouse,
Et du mary n'est la femme jalouze,
Sans nul scandale et sans aucun ennuy
Les deux espoux pondent au nid d'autruy.
Ores à l'homme est la femme publique,
Comme Platon veult en sa Republique,
Et l'homme aussi à la femme est commun
Et les enfans sont communs à chacun;
Tous sont Cocus sinon par le plumaige
Au moins d'esprit, de vueil et de courage,
Et ne verriez par les hommes, sinon
Bruire tousjours et vous et vostre nom.
Les bois Cocu, les prez Cocu resonnent,
Le champs Cocu, les montz Cocu entonnent,
Et les deux flancz d'un fleuve large et creux
Cocu, Cocu se respondent entr'eux.
Dans les maisons, pour un air de musique,
Cocu sans fin et Cocu on replique,
Et mariant la lyre à la chanson
Rien que Cocu ne tonne par le son :
Pour le refrain d'un plaisant vaudeville,
Cocu, Cocu on chante par la ville,
Et les laquais par la rue marchantz,
Tousjours Cocu degoisent en leurs chantz,
Et les garçons qui aux metiers travaillent
A leur besongne un Cocu entre-taillent.
Bref tout le monde a si bien ses espritz
De vostre amour enserrez et espris,

Que vous verrez en ce lieu où nous sommes
Venir bientost la plus grand'part des hommes
Vous demander le plumage pour eux
D'un beau Cocu dont ilz sont amoureux.

GENIN

Nous sommes prestz de les recepvoir ores
Et leur donner des ailes et encores
Un mesme honneur, semblable dignité,
Mesmes creditz et mesme autorité.
Sus, que quelqu'un s'en coure et qu'il apporte
Des paniers pleins d'ailes de nostre sorte
Pour emplumer ceux qui auront vouloir
D'estre Cocus et leur figure avoir.

ODE

CHŒUR

Lors que Pindare nous chante
Une grand'ville, il la vante
Pleine de beaucoup de gens :
Ainsi nostre ville aymée
Pleine de gens soit nommée,
Pleine de beaucoup de Jans.

ALLOEOSTROPHE I

GENIN

Qu'on se despesche et que plus on n'attende
De m'apporter cela que je demande.

AUTRE ODE

CHŒUR

Les amours de nostre ville
Captivent l'homme serville

Sous un vouloir indompté,
La terre ne les recrée,
Ains beaucoup plus leur agrée
L'air des Cocus habité.
Le nectar et l'ambrosie
Qui les grandz Dieux rassasie
Ne les faict point desireux
D'aller au ciel et d'y vivre ;
L'heur qu'ilz desirent de suivre
C'est d'estre Cocus heureux.

ALLOEOSTROPHE II

GENIN

J'ay maintenant tout mon brave equipage:
Ailles et poil et panache et plumage,
Et ce qu'il faut pour les hommes garnir
Quand ilz auront volonté de venir.

STROPHE

CHŒUR

D'ordre comme à toy s'en viendront
Les hommes pour avoir des plumes,
Fault, Genin, que tu les emplumes,
Et regardant dessus leur front,
Selon que chacun represente
Un moindre qualibre ou plus grand
Qu'aussi d'une aille differente
Tu le rendes tout different
Et si feras bien davantaige,
C'est que nul ayt nostre plumaige
S'il ne veult te rendre esclarcy
Son estat et sa vie aussi.

CHICANOUX

Je veux voler par la longue estendue
De l'air ouvert et sillonnant la nue,
Faire en volant esbranler sans repos
Mon corps, mez bras, mon plumaige dispos.

GENIN

Que cherches-tu ?

CHICANOUX

Je demande des ailles
Et la figure et les meurs toutes telles
Qu'a le Cocu volage et inconstant
Et parmy l'air ses deux ailles battant.

GENIN

De quel mestier exerces-tu ta vie ?

CHICANOUX

Je vay suivant l'art de chicanerie.

GENIN

Comment cela ?

CHICANOUX

De libelles, d'exploictz
Et d'escritoire armé en tous endroictz,
Et deux recordz menant pour ma deffense,
Autant le bon que le mauvais j'offense,
Sans mettre esgard et difference entr'eux
Tant bien de fois de gaigner desireux :
Mon frere mesme et mon pere plus proche
Et mes parens sentent ma vive accroche,
Et mes amys certains et familiers
Sont estimez de moy comme estrangers.
En peu de temps par chicanes je pille
Voire le bien d'une riche famille;

Procès, debatz, je moyenne et je fais
Que sur le croc ilz pendent pour jamais.
Si Dieu au ciel a la puissance telle
Qu'il donne à l'ame une essence immortelle,
J'ay le pouvoir dessus tous les mortelz
De rendre aussi les procès immortelz ;
Sac dessus sac et forme dessus forme
L'evident droict en obscur je transforme,
Et par deffaulx et par forclusions,
Adjournements et intymations,
Je subvertis du bon droict la substance,
Ou je l'altere et le tiens en balance,
Prest à tomber et facile à ranger
Pour dessus luy en faire transiger :
Brief je suis crainct comme le vif tonnere
Que Jupiter eslance sur la terre.

GENIN

Pourquoy veux-tu nostre plumage avoir
Estant orné d'un si brave pouvoir
Et d'un mestier qu'en tel heur tu exerces
Garny d'engins et de ruzes diverses ?

CHICANOUX

Tu entendras pourquoy je cherche tant
D'aller ainsi voz plumages portant :
Quand je m'en vay pour adjourner un homme
Rude, fascheux, ou bien un gentilhomme,
Allant chez luy pour gaigner le teston,
Il va pleuvant mille coups de baston
Dessus ma teste, et souvent son espée
Dedans mon sang est fierement trempée,
Et à grands coups il ne s'espargne pas
D'estaffiller mes jarretz et mes bras
Et mon visage imprimant sa colere
Sur moy qui suis venu pour luy deplaire :

Or je voudrois avoir le dos aillé
A celle fin que m'en estant allé
Faire un exploict dedans le domicile
D'une personne à courroucer facile,
Et que l'ayant adjournée promptement
Tenant en main tout prest l'adjournement,
J'eusse aussitost mon aille toute preste
Pour m'envoler et fuir la tempeste
Des orbes coups, des coups sanglantz et fortz
Qu'il lascheroyt par après sur mon corps.

GENIN

Nous ne pouvons donner de nos plumages
Sinon à ceux qui arrestez et sages
Veulent leur vie avecques nous tirer
Sans plus la terre en leurs cœurs desirer :
Partant, amy, si Cocu tu veuz vivre,
Sois de chicane et d'affaires delivre,
Ou tu ne peuz et ne doibs point vouloir
Nostre plumage et noz biens recevoir.

CHICANOUX

Je ne sçauroys, il ne faut que j'en mente,
Laisser la terre et ma vie plaisante,
Ains j'ayme mieux, vivant en vray sergent,
Estre battu et gaigner de l'argent.

GENIN

Tu ne peux doncq' de toute ta puissance
Estre Cocu.

CHICANOUX

Je prendroy patience.

LE SOLDAT

Tel que je suis quand je marche à l'assault
Je veux hardy d'un vol isnel et hault

Aller franchir l'air d'une longue trasse,
Dressant au poing ma large coutelasse,
Et de rondache et de casquet armé
Voler ainsi aux combatz animé,
Comme Persée alors qu'en la Lydie
A la Gorgonne il feist perdre la vie,
Et que son glaive au monstre il feist sentir
Lequel vouloit Andromede engloutir.

GENIN

Ne viens-tu point à nous icy te rendre
Pour t'emplumer et nostre forme prendre ?

LE SOLDAT

Rien que cela ne m'a icy conduict.

GENIN

De quel mestier es-tu pour vivre instruict ?

LE SOLDAT

Je suis soldard.

GENIN

Saoul de lard, que je pense ?

LE SOLDAT

Non, mais soldard des plus lestes de France,
Un bon torseur de routtes, et aux champs
Sçachant fort bien rançonner les marchantz,
Vif à l'assault, non bisongne en bataille,
Mais bien plus prompt à faire la ripaille
Chez le bonhomme et picorant son bien
Multiplier, comme on dict, tout en rien ;
Hardy preneur et n'ayant point de cesse
D'aller traittant mon hoste de rudesse
S'il ne veult pas au souper, au disner,
Pour metz friand du beurre me donner.

C'est un plaisir, lorsque contre luy j'use
Avec risée ensemble d'une ruze,
Et que l'enfant marry je contrefais,
Que je m'eelle et bercer je me fays
Par mes goujatz instruictz au badinage,
Qui vont usant vers luy d'un tel langage :
« Venez, vilain, venez d'un pied legier
« Et nous sçachez qu'a l'enfant à crier,
« Et advisez, quoy qu'il couste et qu'il vaille,
« De luy donner ce qu'il veust qu'on luy baille. »
Il est contrainct de s'en venir à moy
Me demander qui cause mon emoy,
De quoy je pleure et de quoy tant je crie.
Je luy respondz que c'est de grand'envie
Que j'ay d'avoir dix escus de sa main.
Lors mes goujatz luy escrient soudain:
« Baillez, vilain, ce que l'enfant demande. »
Que si je voy qu'il songe et qu'il attende,
Je le menasse et l'estrille si bien
Qu'il baille argent, encores qu'il n'ayt rien.
Que diray plus comme je m'accommode
Des larrecins desquelz j'use à ma mode ?
Les bons chevaux qu'en volant je fay miens,
Coupant l'oreille et les crins je retiens
Pour mon usage et vay par la campaigne
Sans que sur eux aucun adveu je craigne :
Les beufs aussi, les vaches, les brebis
Je vay changeant en somptueux habitz,
Dont je piaffe : et fraizant ma chemise
Comme seigneur je veulx que l'on me prise,
Et me fais noble et parlant des ans vieux,
Je vay nombrant mes anciens ayeulx,
Je vay prenant des feintes armoiries
Et je me donne aussi des seigneuries,
Bien que je soys si pauvre et Kaimant
Qu'une maison je n'ay pas seullement.

10

GENIN

Penses-tu bien, estant tel que tu chantes,
Vivant de meurs et d'actions mechantes,
Avoir ainsi les plumes que tu veux
Dont les mechans ne sont jamais pourveuz ?
Change devant tes façons vitieuses
En actions bonnes et vertueuses,
Ainsi de moy emplumé tu seras
Et des Cocus le privilege auras.

LE SOLDAT

Je ne sçaurois.

GENIN

            Tu perdz doncq' l'esperance
D'estre Cocu, pour la grand'difference
D'eux et de toy, eux vivans simplement,
Et toy mechant et ruzé garnement.

LE SOLDAT

Mais tu m'as dict qu'en me changeant à l'heure
Je le serois ?

GENIN

            Ouy, je t'en asseure.

LE SOLDAT

Je mettray peine à me rendre dompté,
Faisant vertu de la necessité,
Tant le desir et le soing me commande
D'estre enrollé en vostre sainte bande.

GENIN

Me prometz-tu d'estre bon desormais ?

LE SOLDAT

Je te l'asseure.

GENIN

Et moy je te prometz
Que tu auras la figure parfaicte
D'un vray Cocu, laquelle tu souhaicte,
Et te verras d'un Cocu recevoir
Ailles, nature et honneur et pouvoir.

L'ENFANT DE LA MATTE

Je viens vers vous pour estre l'un des vostres
Et devenir Cocu comme les autres.

GENIN

Quel bon mestier est le tien que tu suis ?

L'ENFANT DE LA MATTE

Un bon matoys à bien parler je suis,
Qui ay la main et le pied bien agile
A enterver et à faire après Gille, (¹)
Le vray gibier des renards inhumains
Qui vont fouquant le festu que je crains.

GENIN

Je ne puis point ce que tu dis comprendre,
Fais moy cela plus clairement entendre.

L'ENFANT DE LA MATTE

Je suis du rang des hommes sans moyen
Qui n'ont un sol de rente en tout leur bien
Et toutesfois qu'aux villes on void estre
Ceux qui se font plus braves apparoistre,
Non qu'ils ne soient bien remarquez entr'eux,
Car ilz n'ont point de laquays comme ceux
Qui ont du fonds et un train entretiennent
Du revenu d'heritages qu'ilz tiennent.

_____

(¹) Faire Gille c'est s'enfuir.

Ces bons galands affronteurs des ruzez
Ont deux moyens caultz et subtilizez
Dont les plus caultz en cautelle ilz affrontent
Et les subtilz en addresse surmontent.
Le premier est que facondz en propos,
Humbles à tous, beaux hommes et dispos,
Ilz chercheront le marchand ou quelque homme
Qu'ilz sçavent bien qu'au jeu il se consomme,
Et pour le mieux affiner et tromper,
Ilz l'envoyront inviter à soupper
Dans leur logis et après la souppée,
Tenans leur beste aux retz enveloppée,
Sans quelle puisse eviter le danger,
Ilz la feront dessus le jeu ranger,
Se laisseront gaigner à l'abordée,
Et à part eux sera un peu gardée
Leur piperie et le feront exprès
Pour l'appaster et mieux gaigner après :
Et à la fin voyantz l'heure commode
D'aller joüant de leur pipeuse mode,
Ilz se mettront à regaigner au jeu,
Retireront leur perte peu à peu,
Et devoilans le masque de leur face
Ouvertement s'armeront de fallace,
L'accableront sans qu'ilz luy laissent rien
D'argent, chevaux, de harnoys et de bien.
L'autre moyen dont ilz usent ensemble,
C'est au Palays où le monde s'assemble,
Ou aux marchez, aux foires ou aux lieux
Où le peuple est frequent et copieux :
Là, gardez-bien surtout vostre fouillouze,
Si vous avez au dedans quelque chouze,
Ou autrement estonnez vous serez
Qu'estans chez vous rien vous n'y trouverez :
Car ces matoys pour n'apparoistre aux hommes
Sont tous ornez d'habitz de Gentilz-hommes,

Et ce qui faict que vous esmerveillez,
Vous les verrez en velours habillez
Errer parmy la trouppe plus espaisse,
Et exercer les tours de leur souplesse,
Fendre la presse et souvent repasser
Et en passant l'un l'autre se pousser,
Guettans tousjours si quelque riche proye
Vient s'elancer et tomber en leur voye :
Estans si fins et si malicieux
Que d'autant plus qu'ilz verront soucyeux
Quelques marchantz de bien garder leurs bourses,
Plus dessus eux ilz dresseront leurs courses,
Et les suivront d'un si subtil moyen
Que c'est grand cas s'ilz ne leur prennent rien.
Mesmes ilz sont si remplis d'impudence,
Que sans avoir aux mechantz connoissance,
Ilz leur viendront la chere demander,
Et lorsqu'ilz sont fichez à regarder
Ces inconnus qui ainsi les abordent
Et que d'argent plus ilz ne se recordent,
Tandis leur bourse est couppée en leur sein,
Et lorsqu'elle est baillée en tierce main
Et est desjà bien avant esgarée,
Ilz leur diront d'une mine asseurée
S'ilz sont point ceulx lesquelz ilz nommeront ;
Eulx le niant, aussitost s'en iront
Usans devant d'une legere excuse,
Et cependant avecques telle ruze
Sont les marchans destruictz le plus souvent
Ne trouvans rien en leur sein que du vent.
Que si la main du matois est trop tarde
Et que foüillant la bourse on le regarde,
Si n'est-ce rien contre cet homme faict,
D'autant que luy, comme larron parfaict,
Va tout niant avec audace telle
Qu'on n'ose pas l'attaquer de querelle,

Craignant sa peau et le voyant plus fier
Estant gardé de ceux de son metier,
Lesquelz pour luy iront de noize prendre,
Aydans celuy qui ne peut se deffendre,
« Car les larrons s'entredonnent support,
« Ont mesme cœur, sont en un mesme accord,
« Et de là vient le proverbe notoire
« Qu'il n'est accord que de larrons en foire.
Voylà que font les matois en plein jour, »
Et sur la nuict ilz usent d'autre tour,
C'est qu'au passant qui alors se pourmeine
Ilz embiront(¹) le volant et la laine :
Que s'il s'escrie au larron! au voleur !
S'il ne survient quelqu'un en sa clameur,
Il se verra souffrir quelque bravade
Ou, qui pis est, cent coups de bastonnade.
Je ne diray comme ilz sont par effaictz
Meurtriers à gage et assassins parfaictz,
Qu'au plus offrant ilz marchandent la vie
Ainsi que font les braves d'Italie,
Cela n'est pas à la France inconnu,
Et bien qu'il soit pour tout certain tenu,
Si le void-on passer en connivence
De ceux qui ont des crimes connoissance.
Or des matoys je suis le plus fameux
Qui des Cocus estant faict amoureux
Suis devers vous venu d'un long voyage
Pour estre faict un Cocu de plumaige.

GENIN

Nous ne voulons un larron recepvoir.

L'ENFANT DE LA MATTE

Pourquoy cela ?

(¹) Embir, c'est derober, mot matoys.

GENIN

Et c'est nostre vouloir.

L'ENFANT DE LA MATTE

Mais, je te pry, que je sois de ta bande.

GENIN

Sors hors d'icy, va-t'en, je le commande.

L'ENFANT DE LA MATTE

Escoute un mot.

GENIN

Je t'ay trop escouté.

L'ENFANT DE LA MATTE

Au moins un mot.

GENIN

Sors, c'est trop contesté :
Et toy, soldat, qui changes ta coustume
Mauvaise, en bonne, or viens que je t'emplume,
Entrons dedans et là viennent à moy
Ceux qui voudront estre Oyseaux après toy.

STROPHE

CHŒUR

Dans l'air où assis nous sommes,
Nous voyons de toutes partz
Deçà et delà espars
Mille et mille sortes d'hommes :
Icy demeure arresté
Dans le mollieu d'une escolle
Le philosophe crotté
Qui fait tonner sa parolle,

Et voulant s'auctoriser
Pour les autres depriser,
Discourt sur le poil d'un lievre
Ou la laine d'une chevre.
Le medecin est icy
De biens et d'argent farcy,
Pource que bien il devine
Sur la couleur de l'urine,
Et plus se void reputé
Que beaucoup il a jeté
D'hommes de nom et de marque
Dedans l'infernalle barque.

ANTISTROPHE

De ce costé le bravache
Ses pas mesure en marchant
Et de tout se va faschant,
Mesme son chapeau le fasche,
Le point d'honneur il reçoyt
Et d'un seul mot il s'offense :
Mais c'est contre ceulx qu'il croid
N'oser se mettre en deffense.
Là le courtisan flatteur
Enfin dissimulateur
Vend sa fumée et contente
L'acheteur de vaine attente ;
Là le subtil mercadant
Au gaing est prompt et ardent
Et falsifie à sa guise
Ce qu'il vend de marchandise ;
Là l'usurier sans repos
Va rongeant jusques aux os
Le pauvre homme et luy assemble
Le sort et l'usure ensemble.

PROMETHÉE

Ah ! que je crains, oh ! combien je m'emoye
Que Jupiter en ce lieu ne me voye.
Où est Genin ?

GENIN

Qu'y a-t-il ? me voicy.
Que me veux-tu qui te caches ainsi ?

PROMETHÉE

Ne voidz-tu point venir à ma rencontre
Quelqu'un des Dieux ?

GENIN

Aucun Dieu ne se monstre.

PROMETHÉE

Quelle heure est-il ?

GENIN

Il est midy passé.

PROMETHÉE

Le jour est-il sur le soir avancé,
Et le soleil recousant sa lumiere
A-t-il tantost achevé sa carriere ?

GENIN

Que veult ce fol ?

PROMETHÉE

Et Jupin de sa main
Rend-il le ciel descouvert et serein,
Ou s'il l'offusque et de nuaux le couvre ?

GENIN

Le ciel est nuble.

PROMETHÉE

Or doncq' je me decouvre.

GENIN

O Promethée !

PROMETHÉE

Ah ! tay-toy, parle bas,
Cache mon nom et ne l'appelle pas,
Car je suis mort si Jupiter m'espie.

GENIN

Je le feray, mais dy-moy, je te prie,
Qui cause ainsi que tu viens me chercher
Et que tu veux de Jupin te cacher ?

PROMETHÉE

Devant que rien je disse ou que je fasse
Remetz un peu mon voile sur ma face,
Et tu sçauras l'occasion pourquoy
Je suis venu icy parler à toy.

GENIN

Tu es fort bien recouvert à ceste heure.

PROMETHÉE

Escoute doncq'.

GENIN

Or parle et te r'asseure.

PROMETHÉE

C'est faict, Genin, c'est faict de Jupiter,
Il n'en peut plus, il est prest à dompter,
Et jà gemist la grand' trouppe celeste
Dessouz le faix qui la presse et moleste.

GENIN

Comment cela ?

PROMETHÉE

Depuis l'heure et le jour
Qu'une cité vous bastistes autour
De l'air liquide et la feistes si forte
Qu'on ne sçauroit la prendre en quelque sorte,
Tousjours les Dieux ont semblé decliner
Et leur grandeur en pauvreté tourner ;
Plus les mortelz ne leur font des offrandes
Et les verriez aller à longues bandes
Crians, bramans à leur Dieu souverain
Qu'ilz vont mourant de grand'rage de faim,
Que deffermer les passages il fasse
Et qu'un accord avecques vous il passe
A quelque prix que ce soit, moyennant
Que parmy l'air ilz s'aillent pourmenant,
Et qu'un chacun paisiblement joüisse
Des beaux presens qu'il eut en sacrifice.

GENIN

Que dict Jupin ?

PROMETHÉE

Il ne sçait bonnement
Comme il responde à leur contentement,
N'estant luy-mesme exempt de la famine
Qui ainsi qu'eux le consume et le mine.
Et ce qui faict qu'il est plus soucieux,
Il va craignant la revolte des Dieux,
Lesquelz faschez de vivre en leur mezaize
Et que leur mal Jupiter ne rappaize,
Le pourroient bien à la longue oublier
Et avec vous fugitifz s'allier.

GENIN

Et qu'ont les Dieux, au mal qui les excede,
Deliberé de pourvoir de remede ?

PROMETHÉE

Il est conclud par le vouloir de tous
Qu'ilz envoiront leurs deputez vers vous
Pour une paix avecques vous conclure,
Souz tel article et condition dure
Qu'il vous plaira donner à la rigueur,
Comme au vaincu donne loix le vainqueur.
Or je vous viens advertir en cachette
Qu'aucun de vous la paix ne leur permette
Que ne voyez ces deux poinctz arrestez
Par le vouloir des Dieux leurs deputez ;
Que les Cocus comme Princes commandent,
Et que les Dieux leur beau sceptre leur rendent,
Lequel jadis ilz porterent pompeux
Estans prisez et des hommes et d'eux,
Et pour la paix establir davantaige
Que Jupiter presente en mariaige
Au Dieu Coquard des Cocus redouté
Une Deesse excellente en beauté,
Qui est sa fille entre toutes cherie
Et qui a nom Dame Zelotypie.
Ceste Deesse est crainte dans les Cieux,
Dessus la terre et sur les bas lieux,
Elle delasche et bride le tonnerre
Et en sa main est la paix et la guerre,
L'homme, les Dieux, les bestes, les oyseaux
Et les poissons qui habitent les eaux
Sont ses subjectz et craignans sa puissance
Tous estonnez tremblent en sa presence.
Rien n'est si doux, quand elle a sa douceur,
Ny furieux quand elle est en fureur;

Le feu n'est tant furieux et horrible,
Ny l'eau si fort en ses debordz terrible
N'ayant les prez, les arbres fracassant,
Et les labeurs des hommes renversant,
Comme on la void furieuse et depite
Quand une fois sa colere elle excite.

GENIN

Si ceste Dame a si fier le courroux,
Le Dieu Coquard ne sera son espoux,
Car il est simple et veut vivre à son aize
N'aymant avoir une femme mauvaize,
Et nous Cocus, qui vivons dessouz luy,
Ne voulons pas estre faictz aujourd'huy
De francz Cocus, subjectz à une Dame
Qui soit colere et orgueilleuse femme.

PROMETHÉE

Tu sçais, Genin, que je vous suis amy
Et que des Dieux je suis grand ennemy.

GENIN

Je le sçay bien.

PROMETHÉE

              Crois-moy doncq, je te prie,
Que si Coquard avecq'elle s'allie,
Vous ne vivrez qu'en grandeur desormais
Et vous suivra le bonheur et la paix.
Ceste Deesse aux autres furieuse,
Aux seulz Cocus doibt estre gratieuse
Et doibt aymer ceux qui les cheriront
Et haïr ceux qui ne les aymeront.

GENIN

S'il est ainsi qu'elle nous sera bonne,
Je suis d'advis qu'à Coquard on la donne.

PROMETHÉE

Tu ne sçaurois mieux vouloir et parler.
Adieu, Genin.

GENIN

Devant que t'en aller,
Je te supply, conte-moy que je sçache
En quel endroict Priape ores se cache,
Qui aussitost devint esvanoüy
Qu'il eut, craintif, noz puissances ouy.

PROMETHÉE

Il est au fond d'une caverne obscure
Et là caché mille ennuys il endure ;
Mais entre tous luy vient à contre cœur
De ne voir plus son membre en sa vigueur
Qui se retire, et alors qu'il le taste
Reste plus mol à toucher que la paste :
Bref il n'a rien qu'un grand boyau pendant
En lieu d'un nerf roide, vif et ardent :
Que s'il se fasche et s'il se deconforte
De sa vertu et sa puissance morte,
Il ne se void moins de douleur sentir
De ne pouvoir s'egayer et sortir.
Comme un cheval qui a pris nourriture
Dedans les prez en foullant la verdure,
N'ayme l'estable et tire son licol,
Et ne pouvant l'arracher de son col
Frappe du pied et gemist souz la peine
En desdaignant et le foin et l'aveine :
Ainsi Priape estant accoustumé
D'aller dehors et de n'estre enfermé
Est depité qu'aux champs il ne se jette
Et qu'il ne peut exercer sa braguette,
Et voudroit bien un moyenneur avoir
Qui eust credit et moyen et pouvoir

De l'accorder avecques vous de sorte
Que librement de son cachot il sorte.
Mais je m'en vay, car je crains en tardant
Que Jupiter ne m'aille regardant.

STROPHE

Icy font flamber les rues
De leurs joyaux et atours
Les femmes qui sont tousjours
En leurs habitz dissolues ;
Elles monstrent leur tetin
Et masquent leur face, affin
Que l'amant transi leur touche
Le tetin avant la bouche,
Et qu'il aille recepvant
Le plaisir d'aymer, devant
Qu'il conçoyve dedans l'ame
Combien l'amour a de flamme.

ANTISTROPHE

Deçà des Dames plus fines
Pour leur grossesse cacher
On void la rue empescher
Portant des larges basquines :
Là marchent à graves pas
Renforcées par le bas
Celles qui deux culz supportent
Souz les robbes qu'elles portent,
Lesquelz, l'un de chair, la nuict
Leur sert à prendre deduict,
L'autre de laine et de bourre
Autour leurs fesses embourre.

NEPTUNE

Ceste grand'ville en l'air ainsi bastye
Est la cité Nephelococugie
Où deputez par le Dieu Jupiter
Nous en allons pour une paix traiter.
Entrons dedans, et promptement soit ›
Par nous à fin nostre charge commise.

HERCULE

Allons, Neptune, aussi bien tous les Dieux
Serout tousjours suspendz et soucieux
Jusques à tant qu'ilz sçachent asseurée
Ou bien la guerre ou la paix desirée.

NEPTUNE

Les deux secondz de tous les immortelz
Vont saluant le premier des mortelz
Qui est Genin.

GENIN

Et moy je vous salue,
Marin Neptun'Dieu de l'onde chenue,
Et toy Hercule indompté de vertu,
Qui as jadis les Geaus combattu,
Et as purgé la terre desolée
Des monstres fiers dont elle estoit foullée.
Que voulez-vous? qui vous meut? qu'avez-vous
A demesler icy avecques nous?

NEPTUNE

Les Dieux ensemble et Jupiter supresme
Nous ont commis d'une volonté mesme
Pour moyenner aveques vous la paix
Et faire amys vous et nous desormais.

GENIN

Vous ne perdez que le temps et la peine ;
Nous aymons mieux une guerre certaine
Que de laisser dessouz un feint accord
Croistre la force à nostre ennemy fort.

HERCULE

Accorde-nous, ô bon Genin, accorde
Que nous soyons vous et nous en concorde :
C'est toy qui as remis en sa grandeur
De tes Cocus l'ancienne splendeur,
Et dessus toy les Cocus se reposent
Et rien entre eulx sans toy ilz ne disposent ;
Tu es leur chef et font tous cas de toy
Autant ou plus qu'ils feroient de leur Roy,
Comme tu veux à la paix tu les guides
Ou aux combatz tu leur lasches les brides.

GENIN

Nous n'avons point la guerre commencé,
Ainçoys les Dieux, lesquelz au temps passé,
Quand nous estions subjectz à toute injure,
Nous ont vexé contre toute droicture,
Et ont ravy nostre sceptre des mains,
Et de grandz Roys commandans aux humains,
Nous ont rendus, à nostre vitupere,
Pauvres, fuyardz et transis de misere.
Si aujourd'huy que nous sommes plus fortz
Nous desirons nous venger de leurs tortz,
Le debvez-vous trouver dur et estrange ?
« Ainsi la guerre à son tour se rechange. »

NEPTUNE

Mais si void-on, quand le foible entreprend
« De s'attaquer en guerre à un plus grand,

11

« Qu'il se destruit et plein d'audace glisse
« Sans y penser dedans le precipice
« Pour s'abysmer au gouffre de tout mal,
« Allant d'un pas à sa force inesgal ;
« Partant doib-t-il prendre de bon courage
« La paix conclue à son desavantage
« Ou à son bien et profit evident,
« Et gaigne mieux quoyqu'il aille perdant,
« Faisant la paix, qu'en sa fortune adverse
« Osant tramer une guerre diverse. »

GENIN

Sçavons que c'est, plus la paix n'attendrez
Si ces deux pointz vous ne nous accordez :
Que nous serons remis en nostre Empire
Sans qu'il vous soit loisible de nous nuire
A l'advenir d'effet ou autrement :
Que Jupiter, pour plus asseurement
Nous rendre unis, en mariage allie
Le Dieu Coquard et la Zelotypie ;
Ainsi seront les celestes et nous
Ensemble estraintz d'indissolubles neudz.

NEPTUNE

Nous ne pouvons accorder voz demandes,
Car elles sont inciviles et grandes.

GENIN

Desirons-nous choses contre equité,
Voulans rentrer en nostre dignité
Par vous toluë et tousjours usurpée
Par le seul droict de force et de l'espée,
Et pensez-vous que nous vous faisons tort,
Si pour vouloir asseurer nostre accord
Nous demandons qu'un mesme lien presse
Un Dieu puissant et une grand'Deesse ?

Si nous voulions que le Dieu Jupiter
Entre voz mains vint son sceptre quitter
Et qu'entre vous vinssiez nous faire hommage,
Vous esclavans souz nostre vasselage,
Que diriez-vous, ô Dieux par frop retifz ?
Ne serions-nous en demande excessifs ?
Ouy vrayment, et auriez cause juste
De refuser une paix si injuste ;
Mais maintenant que rien n'est demandé
Qui par raison ne doyve estre accordé,
Et qui ne soit aux Cocus honorable
Et à vous Dieux grandement profitable,
Voudriez-vous bien une guerre chercher,
Et voz profitz destourner et trancher ?

NEPTUNE

Comment, profitz ? Quels profitz, je te prie,
Nous sont gardez la guerre estant finie,
Et quand les Dieux et vous, Cocus, serez
En bonne paix joinctz et confederez ?

GENIN

Et doutez-vous encore en quelque sorte
Des grandz profitz qu'une paix vous apporte ?
N'aurez-vous pas les passages ouvertz
Et les odeurs et les parfums divers
Dont les Cocus à ceste heure joüissent
Et dedans l'air les hument et ravissent ?
N'iront-ilz point jusqu'à vous dans les cieux
Par le moyen des Cocus gratieux ?
Quand ilz sçauront qu'à vous les hommes voüent
Un sacrifice et de leurs veuz se joüent,
N'ayans desir de jamais les tenir,
Eux, comme amys, voudront vous maintenir,
Et plus que vous de vous prenant la cure,
Si quelquefois ilz voyent d'avanture

Ces hommes là avoir mis leurs deniers
Dessus leur table entassez à miliers,
Incontinent ilz prendront leur volée
Et là sans peur ilz raviront d'emblée
Le juste prix de leurs veuz presentez
Et non tenus envers vos majestez.
Ainsi vous, Dieux, par nostre benefice,
Ne perdrez point le promis sacrifice.
Or pour autant qu'aux cieux vous demeurez
Et que jamais vos faces ne monstrez,
Les hommes vains qui en leur esprit croyent
N'estre point veuz d'autant qu'ilz ne vous voyent,
Ne vont craignant, voire en plein jugement,
De parjurer vostre nom par serment,
Et à fureur ainsi ilz vous provoquent
Faschez de voir que de vous ilz se mocquent :
Si que souvent pour le crime d'aucun
Vous punissez tout un peuple en commun,
Et ne mettez aucune difference
Entre le bon et celuy qui offense ;
Mais vous estans noz amys et voisins,
Quand nous verrons que les hommes malins
En jugement ou autre lieu vous jurent
Et que menteurs laschement se parjurent,
Pleins de desdaing vers eux nous volerons
Et d'ongles torstz les yeux leur creverons.

HERCULE

Je suis d'advis que la paix se compose.

NEPTUNE

Et non pas moy, sinon en ceste chose
Que les Cocus, pour estre nos amys,
Seront par nous en leurs honneurs remis,
Mais que Coquard pour espouse et amye
Doibve obtenir Dame Zelotypie

Grande Deesse et fille de celuy
Qui n'a au Ciel plus grand maistre que luy,
Je n'y consens.

HERCULE

Faisons la paix, Neptune,
Sans essayer de tenter la fortune
D'aucune guerre et sans plus hasarder
Tout nostre estat par faute d'accorder.

NEPTUNE

Comment veux-tu que Coquard, Dieu ignoble,
Espouse ainsi une pucelle noble,
A qui Jupin porte autant de faveur
Comme à Junon son espouse et sa sœur ?
« J'accorde bien que la paix se doibt faire
« Et qu'elle semble estre fort necessaire ;
« Si toutesfois l'ennemy outrageux
« Demande trop de poinctz avantageux,
« Il convient mieux avanturer sa vie
« Que pour la paix encourir infamie. »

GENIN

Quelle infamie et quel grand deshonneur
Pour nostre paix porter à vostre honneur
En mariant une jeune pucelle,
De Jupiter la fille naturelle,
A nostre Dieu le redouté Coquard,
Qui n'est comme elle avorton et bastard ;
Car Jupiter espris en sa poitrine
Des vifs attraitz de la belle Cyprine,
Comme tu sçais, son amour pourchassa
Et se meslant à elle il l'engrossa
D'une pucelle en grâces accomplie
Qu'on appela depuis Zelotypie :

Ainsi bastarde elle n'a point d'espoir
D'estre pourveüe et son dot recepvoir,
Et comme estant enfant illegitime
Excluse elle est d'avoir sa legitime :
C'est une loy de Solon ancien
Et des Rommains et de Justinien,
Laquelle aussi, comme je pense, tiennent
Les Dieux d'en haut desquelz toutes loix viennent.

HERCULE

Tu vois, Neptune, aux discours à toy faictz,
Comme sans blâme on peult faire la paix
Et que Coquard doibt par nostre sentence
De Jupiter obtenir l'alliance.

GENIN

Eh quoy ! Thetis, qui se faict renommer
Dessus les Dieux commandans en la mer,
Et qui les Dieux touche de parentaige,
Ne desdaigna de prendre en mariaige
Un mortel homme, un homme qui n'estoit
Pareil à elle et ne la meritoit,
Et tous les Dieux ses nopces celebrerent
Et Apollon et les Muses chanterent
Le doux lien, le mariage doux
Joignant Thetis et son mortel espoux.

NEPTUNE

Or bien, Genin, sans plus longue dispute,
Que soit la paix, comme tu veux, conclute,
Et pour fonder entre nous amitié
Soit ton Coquard à Jupin allié.

GENIN

Mais jurez-moy que la paix accordée
Sera sans fraude entierement gardée.

NEPTUNE

Par l'eau du Styx dont le nom reveré
Jamais des Dieux ne se void parjuré,
Nous vous jurons en toutes asseurances
Que nous irons gardant nos convenances.

GENIN

C'est assez dict, je vous croy fermement
Adjoustant foy à vostre jurement.

NEPTUNE

Aussi, Genin, que le Dieu de Lampsace
Soit vostre amy et rentre en vostre grace,
Estant compris souz l'accord de la paix.

GENIN

C'est la raison, cela je vous prometz,
Combien qu'il soit motif de nostre guerre
Et que noz bois ayant voulu conquerre
Il nous ayt mis une necessité
D'edifier en l'air nostre cité.

NEPTUNE

Il vous sera amy seur et fidelle
Uny à vous d'une paix eternelle,
Je vous l'asseure.

GENIN

          Et nous, pour vostre esgard,
Luy promettons la paix pour nostre part :
Et maintenant pour la rendre accomplie,
Entrons dedans, venez, je vous convie,
Et vous emmeine affin de vous donner
Joyeusement à tous deux à disner.

STROPHE

CHŒUR

Deçà les Conseillers sont
Qui dessus leurs mules vont
Et traisnent une grand'suicte
D'hommes qui les solicite;
Ilz se voyent respectez
Et requis et bonnetez
Des plus grandz qui les supplient
Et qui leurs faveurs mendient.
Icy dedans le parquet
L'advocat hautement tonne
Et de son brave caquet
Tous les assistans estonne;
Au pezant de l'or il vend
Sa mere-nourrice langue,
Et souvent en sa harangue
Il ne dict rien que du vent,
Et ses discours vraysemblables
Ne sont gueres veritables,
Imitant par ce moyen
Ulisse Dulichien,
Duquel Homere nous chante
Que de sa bouche eloquente
Mille beaux propos sortoient
Qui veritables n'estoient.

SYSTEME ENTRECOUPÉ

MERCURE

Divins Cocus dont la vertu feconde
Renaist et prend sa vigueur par le monde,

O sainctz Cocus! ô bienheureux Oyseaux
En heur, en gloire aux immortelz esgaux,
Venez, venez recepvoir la pucelle
Que Jupiter et sa bande immortelle
Ont ordonnée à Coquard vostre Dieu.
Comme un Soleil estant sur le milieu
De l'horizon deçà delà desserre
Ses clairs rayons sur les flancs de la terre,
Et comme l'astre avant-coureur du jour,
Astre sacré à la mere d'Amour,
De sa lueur, qui les astres decore,
Va surpassant sa compaigne l'Aurore :
Elle est ainsi esclairante en beauté
Dardant les raiz de sa divinité.
Ses yeux sont beaux et ses joües vermeilles
Sont au cinabre et au corail pareilles,
Douce est sa grâce et son grave maintien
Rien ne ressent d'humain et terrien.
Partant, Cocus, chacun de vous s'excite
A l'honorer ainsi qu'elle merite,
Et celebrans elle et son cher espoux
Chantez hymen d'un chant paisible et doux.

STROPHE OU ODE

SEMI-CHŒUR

O enfant d'Uranie,
Dieu adoré de tous
Qui meines à l'espoux
Son espouse choisie,
Ton front de fleurs soit ceinct,
Et j'en viens, ô Dieu sainct,
Benir ceste journée,
O hymen! hymenée!

STROPHE II

SEMI-CHŒUR

Accours parmy le vuide
Dans ton char attelé,
Et que l'Amour ailé
Tes vistes chevaux guide,
Decochant par les cieux
D'un arc moins furieux
Mainte fleche empannée,
Hymen ! ô hymenée !

STROPHE III

SEMI-CHŒUR

Les grâces que tu prises
Toutes trois en un rang
Environnent ton flanc
Dessus ton char assises,
Et qu'elles de leurs voix
Chantent à ceste fois
Ta faveur fortunée,
Hymen ! ô hymenée !

STROPHE IV

SEMI-CHŒUR

Comme s'estraint le lierre
Dessus le mur espars,
Ainsi de toutes partz
Noz deux espoux enserre,
Et fay que l'amitié
De leur douce moitié

Ne soit infortunée,
Hymen! ô hymenée !

STROPHE V

SEMI-CHŒUR

Qu'ilz luittent en leur couche
Au camp clos de l'Amour,
Se serrans de maint tour
Et les flancz et la bouche,
Et qu'aux combatz emeuz
Ilz rendent de leurs feux
La chaleur terminée,
Hymen ! ô hymenée !

STROPHE VI

Donne leur, ô bon pere,
Qu'ilz ayent des enfans
En beautez triomphans
Ressemblans à leur mere :
Et suivans d'un bonheur
La divine grandeur
A leur pere donnée,
Hymen ! ô hymenée !

FIN DE LA COMÉDIE DES COCUS

1077
/e

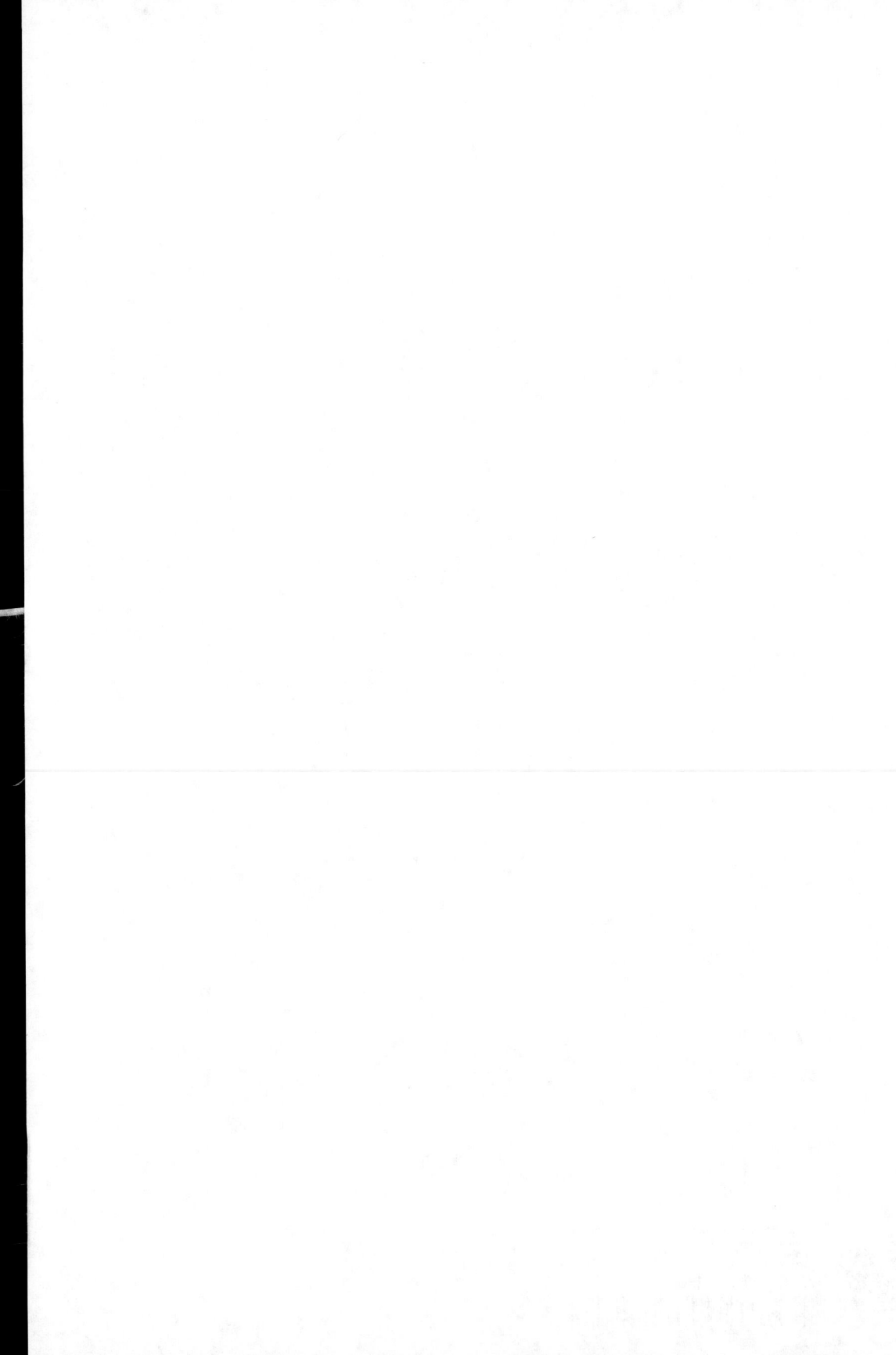

L'OGRE DE CORSE.

PREMIÈRE PARTIE.

l'Ogre est pris. Vive le Roi !

L'OGRE DE CORSE,

HISTOIRE

VÉRITABLE ET MERVEILLEUSE;

Par C. J. ROUGEMAITRE (de Dieuze).

QUATRIÈME ÉDITION.

PREMIÈRE PARTIE.

Monstrum horrendum, informe,
ingens, CUI LUMEN ADEMPTUM.
VIRG.

A PARIS,

Chez F. LOUIS, Libraire, rue de Savoie, n° 6.

1815.

INTRODUCTION.

—

Jadis florissait un peuple distingué par sa douceur, sa politesse, son esprit et l'élégance de ses manières. Ce peuple habitait, sous le climat le plus agréable, un pays enchanteur et de la plus grande fertilité. Tous ses voisins se trouvaient trop heureux de lui apporter leur or en échange de ses abondantes productions; ce peuple enfin était le plus heureux de la terre. Il avait produit des hommes de génie dans tous les genres de littérature. Il avait porté les arts au plus haut degré de perfection. Il était aussi illustre que ter-

a*

rible dans celui de la guerre. Neptune voyait avec une douce satisfac-
tion le pavillon sans tache de ce pays
flotter noblement sur ses ondes. Des
savans les parcouraient sur les points
les moins connus pour y faire de
nouvelles découvertes utiles à la
navigation et à l'humanité.

Le gouvernement de ce pays
était monarchique. Les lois les plus
sages et les plus douces empêchaient
d'apercevoir l'autorité, qui veillait
au bonheur de tous. Un Roi, le plus
juste et le meilleur des Rois, y ré-
gnait avec une sagesse et une douceur qui le faisaient adorer de ses
sujets. Une Reine, qui réunissait à
toutes les grâces de la nature le
cœur le plus noble et l'esprit le
plus cultivé, embellissait le trône

de son époux. Elle avait donné le jour à d'aimables rejetons. Toute la Famille Royale jouissait d'un bonheur qui semblait devoir être aussi parfait que durable. Elle était révérée de tous les Rois, et adorée de tous les peuples.

Tel était l'état de ce beau pays, quand tout à coup un monstre, formé, excité par les puissances infernales, dévoré par l'ambition, la jalousie et la haine, conjure ouvertement contre la Famille auguste et chérie qui gouvernoit cette contrée depuis des siècles, et y faisait régner avec elle le bonheur et la paix.

Par les manœuvres impies et dénaturées de ce monstre perfide, des sujets aussi doux que fidèles

deviennent bientôt cruels et sédi-
tieux. Une aveugle fureur s'em-
pare de la multitude ; on oublie de
quelle félicité l'on jouissait. . . .
On ne connaît plus de frein ; le fer,
la flamme, secondent les trames
les plus criminelles, et l'impunité
conduit au comble des forfaits.
Les appuis du trône, les plus distin-
gués par l'âge, les lumières, les vertus, périssent ou par les mains des
assassins, ou par celles des bour-
reaux ! La jeunesse, la beauté,
l'innocence, ne peuvent échapper au glaive révolutionnaire d'une
fausse Thémis, qui n'absout que
les complices de ses propres forfaits. Le Roi ! le Roi lui-même !
ce bon Roi dont aujourd'hui chacun reconnaît les vertus, et dont

l'apothéose est au fond de tous les
cœurs, comme elle l'est dans les
fastes immortels de l'immortelle
postérité ! le Roi, son épouse, sa
sœur, son fils, tout s'engloutit dans
le vaste abîme ! ....

Mais les scélérats ne peuvent
long-temps rester unis; ils se dé-
chirent bientôt entre eux : les factions succèdent aux factions. Après
avoir détruit le gouvernement paternel qui rendait depuis des siècles
ce pays si florissant, ils veulent
fonder une République. Projet ridicule ! Ils essaient ensuite de di-
viser le pouvoir entre un certain
nombre de souverains. Dangereuse
et vaine tentative ! Ces gouverne-
mens, en opposition avec l'esprit

et les habitudes de ce peuple, ne peuvent avoir qu'une durée éphémère.

Enfin l'homme du destin, l'homme que l'Éternel, dans sa colère, avait choisi pour punir les crimes des nations, paraît : du sein du néant il monte sur le trône ; il hérite de tous les crimes de la révolution ; la terreur règne avec lui, remplit l'Europe d'épouvante, fait couler des torrens de sang et de larmes. Tyran inflexible, il charge ses victimes, qu'il ose nommer *ses sujets*, des chaînes les plus pesantes et les plus honteuses.... Et il trouve des admirateurs !.... Éblouis de sa criminelle et fausse gloire, complices de ses affreux attentats, ils aspirent à en partager avec lui les monstrueux bénéfices.... Ils ne rougissent pas de lui ériger des statues; ils l'accablent de lauriers déshonorés; et ces orgueilleux esclaves, prosternés au pied du trône de leur maître, ont la bassesse de le surnommer LE GRAND!

C'est l'esquisse de la trop déplorable histoire de ce soldat trop célèbre, que nous allons mettre sous les yeux des lecteurs, amis de l'humanité et de leur pays.

Nous avons cru devoir adopter la forme allégorique; mais nous pensons que le voile qui couvre la vérité, est trop transparent pour qu'on n'en puisse aisément distinguer tous les traits. Nous avons

ajouté quelques notes pour expliquer des faits et des noms qu'on
aurait peut-être pu confondre sans
cette précaution.

F. L.

L'OGRE DE CORSE.

Première Partie.

CHAPITRE PREMIER.

Naissance d'un enfant extraor-
dinaire ; les Fées président à
son baptême ; il est exposé dans
un bois , où il est allaité par
une tigresse.

—

Dans l'île montagneuse de Corse,
il était, une fois, une femme, qui
était si belle, si belle, qu'elle passait pour la merveille du pays ; mais,

sa beauté était la moindre de ses
qualités, car elle était si bonne, si
bonne, qu'elle avait, comme on dit,
le cœur sur la main, et ne pouvait
rien refuser à personne. Son mari
était une bonne pâte d'homme, comme on en voit tant; ils étaient si pauvres, que souvent ils n'avaient pour
souper que les complimens qu'on
faisait à la belle dame, ce qui ne
leur donnait pas d'indigestions, et ne
les faisait pas rire du tout. Heureusement pour eux, le gouverneur de
l'île se prit de belle passion pour
la belle dame, et alors les bons
morceaux tombèrent en abondance
dans la maison de nos deux époux.
Dès ce moment ce ne furent que
festins, que danses et réjouissances
de toutes espèces : la belle dame riait

du matin au soir; elle était si gaie,
si gaie, si contente, qu'on ne l'appelait plus que la mère *La Joie;*
et ce nom-là lui est resté.

Advint donc que la mère *La Joie*
mit au monde un enfant qui n'était
pas plus gros qu'un roitelet, ce qui
fit beaucoup bavarder les commères
du voisinage, qui disaient que cet
enfant de trente-six pères était *bon*
à mettre *à part;* qu'on pourrait le
montrer pour de l'argent, et mille
autres impertinences semblables: car
on sait que de tout temps les belles
femmes ont été exposées aux caquets;
et dans cette île il y avait de si mé-
chantes langues que, dès qu'on
voyait un homme passer la nuit avec
une femme, on ne manquait pas de
dire que c'était son bon ami. Mais

comme, dans les petits endroits, il
ne faut souvent qu'un mot pour vous
faire donner un sobriquet, qui reste
toute la vie, les bavardes qui avaient
dit que l'enfant était *bon* à mettre *à
part*, furent cause qu'on l'appela
encore *Bon-à-part* lorsqu'il fut plus
grand que père et mère.

On avait invité toutes les Fées au
baptême du petit, excepté la fée
Sanguinolente, qui pourtant ne
manqua pas de s'y trouver. Les Fées
allaient douer l'enfant selon l'usage,
lorsque celle-ci, prenant vite la parole, dit : « Cet enfant aura un si
grand appétit, qu'il avalera tout ce
qu'il verra, et qu'un jour le monde
entier sera trop petit pour le nourrir. »

On conçoit l'épouvante que ces

paroles jetèrent dans l'assemblée :
c'était à qui se sauverait, tant on
avait déjà peur d'être croqué par le
petit bambin. Aussi un domestique
qui se trouvait là, le prit bien vite
dans sa main, et, tout courant, le
porta dans une forêt, bien loin, bien
loin ; et l'y abandonna, espérant
qu'il y mourrait de faim, et qu'alors
il ne mangerait personne ; mais la
fée *Sanguinolente*, qui voulait le
protéger, lui envoya une tigresse
pour l'allaiter. Le petit *Bon-à-part*
grandit, devint fort, et prit admira-
blement bien le caractère de sa
nourrice.

—————

1*

CHAPITRE II.

Comme quoi BON-A-PART *est re-trouvé, et ce qu'il s'ensuivit.*

—

UNE douzaine d'années s'étaient passées, et la mère *La Joie* ne pensait plus au petit *Bon-à-part;* car de fête en fête, d'amoureux en amoureux, elle faisait sonner tous les ans la cloche du baptême; un enfant n'attendait pas l'autre : c'était la mère *Gigogne* du pays.

Un jour qu'elle se promenait avec le Gouverneur vers la forêt où l'on avait exposé le petit enfant, ils en-

tendirent des cris affreux ; ils coururent bien vite pour voir ce que c'é-
tait , et ils trouvèrent *Bon-à-part,*
qui écorchait sa nourrice la tigresse :
ils le reconnurent bientôt (car la nature ne saurait se méprendre), et
charmés de le voir si courageux, si
perfectionné, ils l'emmenèrent avec
eux à la ville. Il les suivit en grom-
melant et faisant la grimace, ce
qui leur sembla d'un bon augure
pour l'avenir ; et surtout ils admi-
rèrent comme il se couvrit lui-même
d'une peau de tigre , vêtement qu'il
ne voulut plus quitter.

Il est bon de vous dire que la fée
Caline, une des marraines du petit, avait rassuré ses parens sur la
prédiction de la fée *Sanguinolente.*
« Je ne puis empêcher, avait-elle

dit, que votre fils n'ait un grand appétit ; mais je lui fournirai de quoi
le satisfaire : et loin qu'il nuise jamais à ses parens, ils lui devront
leur élévation. » Les malins du pays
disaient que cette élévation pouvait
s'entendre de plusieurs manières ;
qu'elle pouvait être aussi funeste
que honteuse, ou qu'elle ne serait
pas de longue durée ; mais, encore
un coup, c'étaient de mauvaises langues, et si on voulait toujours les
écouter, on ne saurait plus à quoi
s'en tenir.

Comme on n'est jamais prophète
dans son pays, il fut résolu que le
Gouverneur enverrait l'enfant des
bois faire ses études au pays des Lanternes. On lui fait une petite pacotille,
on l'embarque, et le voilà parti.

CHAPITRE III.

Comme quoi le petit Bon-a-part
devient un grand génie.

—

Quand notre petit *Bon-à-part*
fut arrivé à l'école, il y excita bientôt une surprise générale. On n'a-
vait jamais vu d'élève comme celui-
là : les maîtres trouvaient dans sa
mine en dessous et dans ses yeux
sombres quelque chose qui leur faisait peur ; aussi fut-il bientôt le
maître de ses maîtres et de ses camarades, dont il faisait tout ce qu'il
voulait. Il est vrai qu'il était fort

éloquent, et qu'il prononçait : *Je le
veux*, ou *je ne le veux pas*, d'une
manière qui n'appartenait qu'à lui ;
aussi parlera-t-on long-temps chez
les Lanternois de sa brillante ado-
lescence. Il passait le printemps,
l'été et l'automne, à faire des plans
de forteresses pour l'hiver ; et l'hiver, à se retrancher avec de la neige
dans la cour et les jardins de l'école.
Là, son grand passe-temps était de
partager ses camarades en deux
bandes, et de les instruire à se battre. C'était un plaisir de voir voler
les pelottes de neige en guise de bou-
lets de canon : on cassait les vîtres,
on se crevait les yeux ; on blanchis-
sait les robes trop noires des docteurs, qui secouaient leurs perru-
ques, en disant gravement et d'un

ton prophétique : « Le petit *Bon-à-part* a tous les symptômes du génie ; il fera du bruit dans le monde. » Comme il y a des jaloux partout, il s'en trouvait bien par-ci, par-là quelques - uns qui grommelaient, mais bien bas, de peur des boules de neige : « *Ce petit gredin est le plus mauvais sujet de l'école ; il ne sait rien, il n'apprend rien, et met le désordre partout.* »

Il est évident que ceux-là avaient tort ; car personne ne savait mieux que *Bon-à-part* que deux et deux font quatre ; qu'avec six hommes on en bat deux. Pour ce qui est des autres sciences, il savait dire dans trois ou quatre langues : *Mort! sacre! destruction! j'ai faim! l'appétit me vient en mangeant!* Aussi ses

admirateurs ne cessaient de répéter :
« O quel génie ! quel génie ! comme
il ira loin ! »

On ne pouvait plus rien lui apprendre , et on l'envoya se perfec-
tionner à la grande école de la capitale du royaume des Lanternois.

~~~~~~~~~~~~~~~~~~~~~~~~~~~~~~~~~~~~~

CHAPITRE IV.

De ce qui se passa chez les Lanternois.

—

BON-A-PART fit des progrès inouïs dans cette nouvelle école , et il ne tarda pas à se signaler.

Dans ce temps-là , les Lanternois étaient gouvernés par le meilleur Roi qui fût au monde. Ce peuple aurait été le plus heureux de la terre, si le mauvais génie *Vertigo,* le génie le plus brouillon qui soit dans le royaume des Fées , ne se fût avisé, un beau jour, de refondre les Lan-

2

ternois à sa manière. Le voilà donc
qui se met à tout bouleverser : il
parcourt les villes, les villages, fait
monter les petits sur des échasses
pour les faire paraître grands ; il fait
mettre les grands à genoux pour les
faire paraître petits ; il fait tomber
les têtes qui dépassaient les autres,
comme si c'eût été des têtes de pa-
vots ; il habille les gueux en princes,
les princes en mendians : on ne vit
jamais un pareil charivari. Les hommes jetaient leurs chapeaux, les
femmes leurs coiffures de dentelles,
pour se couvrir d'un bonnet de ga-
lérien. Tout le monde disait : « Nous
ne voulons plus de maître ! » Tout
le monde criait : « Je suis Roi ! »
Les hommes aux échasses tombèrent sur la famille royale : le bon

Roi, sa femme, sa sœur, son fils, et quelques princes furent étouffés; les autres, qui avaient prévu l'arrivée du mauvais Génie, se réfugièrent dans les pays étrangers, en attendant que la folie des Lanternois fût passée.

Qui était bien malheureux pendant cette bagarre-là? C'était tout le monde, mais principalement le petit Ogrichon! Je dis Ogrichon, car la menace de *Sanguinolente* commençait à se réaliser. *Bon-à-part* se sentait un appétit dévorant, et la fée *Caline* paraissait l'oublier. Quelques écus qui lui restaient s'étaient changés en chiffons dans sa poche : il avait cela de commun avec tous les Lanternois, à qui le génie *Vertigo* faisait accroire que des chiffons de papier barbouillés de noir

ou de rouge, valaient mieux que des
écus bien sonnans. Mais, hélas !
l'Ogrichon avait beau dire au gargotier du Cadran Bleu, rue de la
Huchette : « *Je veux manger,
voilà du papier;* » l'autre lui répondait : « *Va te promener; je
veux de l'argent.* »

Cependant *Bon-à-part* avait une
mine à faire peur ; son habit était si
râpé, qu'il aurait pu s'en servir
en guise d'amadoue; son corps était
si maigre et son ventre si vide,
qu'on aurait pu compter tous ses
boyaux : il ne lui restait plus d'autre
parti à prendre que de se noyer ; et
c'est ce qu'il résolut de faire.

———

CHAPITRE V.

Comme quoi l'Ogrichon devient un Ogre.

—

Les Lanternois, après avoir tué leurs Princes, voulaient être rois chacun à leur tour ; mais pour y arriver plus vite, ils avaient nommé huit cents monarques (1), qui devaient céder leurs places à huit cents autres au bout d'un an. Or il advint que les premiers, se trou-

—

(1) Les membres de la Convention nationale.

2*

vant fort bien où ils étaient, ne
voulurent plus s'en aller. On résolut de les chasser à coups de gaule.
Les prétendans rassemblèrent une
armée qu'ils remirent entre les
mains de *Brasar*, le plus fameux
des récalcitrans. Or, celui-ci voulait bien être un huit-centième de
Roi, mais il ne voulait pas attraper
un huit-centième de horion : d'ailleurs il était bon Lanternois, et,
quoiqu'il eût le caractère léger,
changeant, et une tête de girouette,
il ne voulait pas se battre contre ses
compatriotes. Il s'en allait donc tout
rêvassant le long de la rivière, lorsqu'il aperçut le désespéré *Bon-à-
part*, qui voulait se noyer. « Oh,
oh ! dit *Brasar*, voilà mon homme !
Le petit Corse est affamé ; pour un

morceau de pain, il fera tout ce
que je voudrai. Je vais lui proposer
de prendre le commandement à ma
place. » Aussitôt dit, aussitôt fait.
Bon-à-part, qui voit plus loin que
son nez, sourit pour la première
fois de sa vie, en pensant à la bonne
curée qu'il va faire. On lui donne
des hommes, des canons, et le voilà
à l'œuvre. Piff, paff! ramasse ta
tête! cours après ta jambe! et les
Lanternois de se sauver, de tomber,
et de crier grâce. « Tuez! tuez!
criait *Bon-à-part;* tuez-les pour leur
apprendre à vivre; plus nous en tue-
rons, plus ils nous aimeront! »

En cette sanglante, déplorable et
honteuse journée (1) furent tués

_____

(1) L'horrible journée du 13 vendémiaire
(septembre 1795).

moutons, brebis et agneaux, tant
et tant, que leur sang forma un large
ruisseau dans lequel *Bon-à-part*
étant tombé, se fit une large tache,
qui ne s'effaça jamais ; et en même
temps il prit goût à ce sang, dont il
avait avalé mainte gorgée : si bien
que, de ce moment-là, il fut un
Ogre véritable, qui ne pouvait plus
vivre que de chair fraîche, et qui
ne pouvait plus s'abreuver que de
sang.

CHAPITRE VI.

Comme quoi l'Ogre est nommé grand chasseur d'Ausonie.

—

C'ÉTAIT le treizième jour du mois des Vendanges que notre Ogre s'était si bien régalé ; mais comme *l'appétit lui venait en mangeant*, il alla trouver *Brasar*, et lui dit : « J'ai faim. » Or, comme *Bon-à-part* et son armée avaient renversé à grands coups de gaule tous les hommes montés sur les échasses, des huit cents Rois il n'en restait plus que cinq, et *Brasar* était du nombre.

« Oh, oh! dit *Brasar* en lui-
même, si je n'éloigne ce drôle-là,
il ne fera de moi qu'une bouchée. »
Brasar avait à sa cour une veuve
qu'il consolait depuis long-temps ;
mais comme parfois il lui prenait
encore des accès de douleur, qu'il
avait épuisé tous les moyens de consolation, et qu'il n'avait plus rien
à lui dire quand elle cherchait à le
faire parler, il lui tardait de s'en
débarrasser ; mais en même temps
il voulait la donner à quelqu'un qui
en aurait bien soin. Il dit donc à
l'Ogre : « Si tu veux épouser ma
veuve, je te nommerai grand chasseur d'Ausonie. » — « Je le veux
bien, » dit l'Ogre.

Alors *Brasar*, enchanté de se
voir arracher à la fois deux épines

du pied, lui donne deux cent mille lévriers, six cents piqueurs bien expérimentés à la chasse, et de la poudre, de la poudre !... assez pour tuer tout le gibier de la terre, et le brevet de grand chasseur d'Ausonie.

L'Ogre part avec tout son attirail de chasse, tombe sur les lièvres de l'Ausonie, qui ne s'attendaient pas à une pareille fête, tue tout, mange tout, et grandit à vue d'œil.

Vous vous souvenez bien qu'en venant au monde il n'était pas plus gros qu'un roitelet ; le lait de la tigresse l'avait fait grandir de trois pieds : sa curée du 13 vendémiaire l'avait encore allongé de deux ; mais sa chasse d'Ausonie le fit paraître si grand, si grand, que les Lanternois montés sur des échasses, semblaient

des nains à côté de lui. Sa voix était
devenue forte à l'avenant, si bien
que de six cents lieues de loin elle
faisait trembler. Et son appétit
donc ! jamais Ogre n'en eut un
pareil. Aussi, après avoir tué et
mangé tout le gibier d'Ausonie, il
se mit à dévorer de la toile, du
marbre, de l'or, de l'argent, du
bronze, des statues magnifiques, etc.;
mais cette nourriture, un peu crue,
ne pouvait être de son goût; il re-
vint auprès de l'ami *Brasar*, et lui
dit encore une fois : « J'ai faim. »

Qui fut bien penaud ? Ce fut l'ami
Brasar, quand il vit que son ami
l'Ogre était devenu si grand et si
fort, qu'il pouvait le broyer entre
ses doigts comme une puce, et l'a-
valer comme une huître, lui et ses

quatre compagnons de souveraineté : comme il était un fin matois, il lui vint dans l'idée d'envoyer l'Ogre dans le pays des Crocodiles, espérant qu'en l'envoyant si loin, il en serait enfin débarrassé pour toujours.

Mais l'Ogre, qui ne voyait qu'un pays à manger, et qui espérait, par là, grandir encore assez pour en manger d'autres, ne se fit pas prier deux fois, et il s'embarqua avec la meilleure flotte, les meilleurs chasseurs, et les plus fameux piqueurs des Lanternois.

CHAPITRE VII.

De l'île des Oranges et des Chasseurs rouges.

L'Ogre voguait sur mer depuis plusieurs jours, et il était content de voir qu'un bon vent poussait sa flotte vers le pays des Crocodiles ; mais grandement se dépitait de manquer de chair fraîche , car sur mer n'en a pas qui veut. Il pensait déjà à avaler ses compagnons de voyage, lorsqu'il aperçut de loin l'île des Oranges. « Oh ! oh ! dit-il, voilà de quoi faire un bon déjeuner ! en-

trons-là. » Mais cela n'était pas facile : l'entrée du port était étroite,
hérissée de rochers, et gardée par
des gens qui n'avaient pas peur. Y
pénétrer de force, cela n'était pas
possible. Aussi l'Ogre eut-il recours
à la ruse, et au lieu de dire : « J'ai
faim , » il dit aux gardes : « J'ai
soif. » Un verre d'eau ne se refuse
jamais ; on laissa donc entrer quelques-uns de ses vaisseaux ; mais dès
qu'on lui eut donné un pied dans
l'île, il en eut bientôt pris quatre ;
et de tous ceux qui l'habitaient il
ne fit qu'un déjeuner ; ensuite il
continua sa route, et arriva enfin sur les côtes du pays des Crocodiles.

Vous saurez que dans ce temps-là
il y avait un grand nombre de chas-

seurs rouges venus d'Albion, qui
protégeaient le pays des Crocodiles.
Or donc ceux-ci étant venus pendant
que l'Ogre et ses gens faisaient ripaille sur l'herbette, ils mirent le
feu à ses vaisseaux, qui sautèrent
avec un fracas épouvantable, dont
furent l'Ogre et ses Lanternois grandement consternés, se voyant pris
là comme dans une souricière, et
sans aucun moyen de retour. Force
leur fut donc de rester et de batailler
contre les Crocodiles; mais partout
ils trouvaient les chasseurs rouges,
qui leur taillaient de la besogne, et
qui ne manquaient jamais de venir
souffler leur repas quand il était
prêt. Aussi les Lanternois maigris-
saient à vue d'œil, et la taille de
l'Ogre diminuait tous les jours. Ceux

qui n'étaient pas mangés par les Crocodiles mouraient comme des mouches, par la peste et toutes sortes de maladies.

Ceux qui se portaient bien se mutinaient, et ne voulaient plus obéir à l'Ogre. Comme il était devenu plus petit qu'eux, ils le prirent un jour pour le pendre. C'en était fait de lui si la fée *Caline*, qui le protégeait, ne l'eût dérobé à tous les yeux. Elle le prit par les cheveux, et, traversant avec lui les airs, en moins de dix minutes elle le déposa au beau milieu des Lanternois, qui ne s'attendaient guère à le revoir, et s'imaginaient encore bien moins qu'un être qui avait déjà fait tant de bruit dans le monde, reviendrait sans tambour ni trompette, et se

3*

sauverait en laissant tout son monde
à la merci des Crocodiles.

La douce fée *Caline*, après l'avoir
dérobé à un danger aussi imminent,
ne s'inquiéta pas de ses remercî-
mens, et s'apprêtait à s'en retourner par les airs comme elle était venue, lorsque l'Ogre lui parla ainsi :

CHAPITRE VIII.

Comme quoi l'Ogre joua un bon tour à son ami BRASAR *; et autres aventures mémorables.*

—

« MA chère fée Caline, arrêtez un instant ; si vous retournez dans le pays des Crocodiles, vous pouvez m'y rendre un petit service : nous avons laissé par-là un de nos piqueurs (1) que je n'aime point, parce qu'il me contrariait toujours, et qu'il est devenu plus grand que moi ; il se couvrait de gloire dans la ville

---

(1) Kléber.

des Jambons pendant que je n'étais
encore qu'un petit écolier ; il peut
faire encore parler de lui, et je veux
qu'on ne parle que de moi : faites-
moi le plaisir de le faire tuer, mais
sans qu'on sache que cela vient de
moi ; que cela ait l'air d'un accident,
entendez-vous ? » — « Il suffit, dit
la Fée ; maintiens-toi dans ces bonnes dispositions ; ma puissance ne
peut te rendre ta taille ; mais tiens,
prends cette poudre, jetes-en aux
yeux de tout le monde : si tu n'es
pas grand, tu le paraîtras ; cela produit le même effet aux yeux des
sots ; et tu verras qu'il n'en manque
pas dans ce pays-ci. Va trouver ton
ami *Brasar* ; il te tirera d'affaire.
Adieu. » *Caline* s'envole et dispa-
raît.

L'Ogre, un peu consolé, s'achemine lentement vers la capitale des Lanternois; il était à peu près dans le même état que dans le temps où il mangeait rue de la Huchette, dans laquelle, par parenthèse, il se garda bien de passer, parce qu'il devait à son gargotier du Cadran bleu quelques dîners de six sous, qu'il lui doit encore, et qu'il lui devra toujours.

La première chose qu'il fit en paraissant devant *Brasar*, ce fut de lui jeter de sa poudre aux yeux, et la seconde de lui dire : « *J'ai faim.* » *Brasar* ne s'attendait guère à le revoir; mais comme la poudre produisait son effet, et lui faisait voir *Bon-à-part* grand comme un géant, il lui offrit à manger, à condition

qu'il casserait les échasses de ses
quatre compagnons rois, et qu'il le
délivrerait de cinq cents étourneaux
dont les caquets l'étourdissaient du
soir au matin. « N'est-ce que cela ?
dit l'Ogre, laissez-moi faire, et
vous verrez beau jeu. »

Or, voici comment il s'y prit. Il
assembla deux cent cinquante vieux
oiseleurs (1) à deux lieues de la
capitale, les chargea d'y attirer les
étourneaux, et quand ils y furent
rendus il se mit à crier : « Sauvez-
vous, sauvez-vous, je suis le dieu
de la chasse. » Alors vous eussiez vu
les sansonnets battre de l'aile et
s'envoler à qui mieux mieux, les

(1) Le conseil des Anciens, attiré à
Saint-Cloud, au 18 brumaire.

uns par les portes, les autres par les fenêtres ; il y en eut bien quelques-uns qui, plus hardis que les autres, voulurent se jeter sur l'Ogre et lui donner quelques coups de bec sur le nez, ce qui lui fit tant de peur pendant quelques instans, qu'il se mit à se sauver à reculons jusqu'à la rivière, en criant toujours : « Je suis le dieu de la chasse ! » Et il serait tombé dans l'eau si un de ses piqueurs ne l'eût retenu par le pan de son habit, et ne lui eût fait voir que les étourneaux ne voulaient le becqueter que pour rire.

Après cet exploit, il alla trouver les cinq monarques, et cassa leurs échasses d'un coup de pied, comme si elles eussent été de verre ; et n'épargna pas plus son ami *Brasar* que les quatre autres ; car la fée *Caline* ne cessait de lui souffler à l'oreille : « Fais du mal à ceux qui t'ont fait du bien. » De quoi *Brasar*, qui croyait garder ses échasses, fit une grimace épouvantable, et se sauva, tout d'une traite, dans le pays des fumeurs, où il fume encore.

CHAPITRE IX.

Comme quoi l'Ogre devient le maître des Lanternois.

—

LES Lanternois voyant toutes les échasses cassées, criaient partout, en montrant l'Ogre : « *Voilà le plus grand capitaine du monde.* » — « Ah, ah ! dit l'Ogre, puisque c'est comme cela, je veux être votre premier conseiller ; j'en aurai deux autres avec moi, pour la forme seulement, car j'aurai bien soin de les museler, afin qu'ils me laissent parler tout seul. »

Iʳᵉ Partie.   4

Alors il se mit à faire des règle-
mens magnifiques pour les Lanternois; et comme ils étaient naturellement friands, il ne leur promettait
que bonbons, que miel et que sucre :
si bien que dans les places publiques,
on les voyait tous la bouche béante,
attendre constamment que la douce
béquée leur tombât dedans ; mais
ils avaient beau ouvrir des bouches
larges comme des fours, rien ne venait. L'Ogre avait trop bon appétit
pour rien donner aux autres ; de quoi
commencèrent à murmurer sourde-
ment les Lanternois.

Il y avait alors dans le pays deux
factions, l'une qu'on appelait les
Remuans (1), l'autre les *Engour-*

_____

(1) Les Jacobins.

dis(1). Les premiers, qui ne pouvaient plus se trémousser sur leurs échasses, trouvaient très-mauvais que l'Ogre voulût se mettre à la place du bon Roi qu'ils avaient étouffé; les *Engourdis*, qui craignaient les coups de gaule, se tenaient à l'écart, les bras croisés, et se contentaient de soupirer; mais quand ils virent que l'Ogre, au lieu de donner des conseils, donnait des ordres, et qu'après avoir commencé par manger la laine des moutons, il finissait par manger le reste, ils commencèrent aussi à se dégourdir, remuèrent d'abord la tête, puis un bras, puis une jambe, puis firent un pas, puis

(1) Les Royalistes, ou les Modérés.

deux, pour se réunir aux *Remuans*, et lutter avec eux contre l'Ogre.

Mais la fée *Sanguinolente*, qui le protégeait parce qu'il la servait sans le savoir, prit la figure de la fée *Caline*, et vint secrètement dire à son favori :

« Comme tous les hommes extra-ordinaires, tu as, et tu t'en doutes bien, quelques ennemis ; les Chasseurs rouges, surtout, désirent ta perte.... leur haine m'épouvante, toute fée que je suis. Une machine infernale doit, par son explosion horrible, disperser tes membres dans les airs.... Je frémis.... ta perte contrarierait mes projets.... Tu m'es nécessaire.... Veille à ta conservation.... Un complot connu doit, par cela seul, être déjoué par tout homme énergique et prudent. Fuis avec la rapidité de l'éclair.... Adieu.... toi que j'aime, adieu....»

L'Ogre sut tirer parti de l'événement : échappé à l'explosion foudroyante, il rassemble les Lanternois, et leur dit : « Les chasseurs rouges d'Albion ont payé les *Remuans* pour me faire sauter en l'air, parce qu'ils sont jaloux des bonnes choses que je vous ai promises ; ils sont *vos* ennemis puisqu'ils sont *les miens* ; ainsi vous ne trouverez pas mauvais que je fasse un exemple. J'ordonne qu'on arrête deux cents *Remuans*, et qu'on les envoie dans l'île des Perroquets, pour y être dévorés par les serpens. » Ce qui fut fait sans que personne osât dire non. Cependant, comme l'Ogre vit

4*

que tout le monde n'était pas per-
suadé, il ajouta : « Mon grand In-
quisiteur vous donnera les preuves
de la conspiration. »

Et le lendemain le grand Inqui-
siteur émerveilla bien les Lanternois
quand il vint leur dire : « Que ce
n'était pas les *Remuans*, mais les
Engourdis, qui avaient fait partir le
pétard, afin de se défaire du premier
conseiller, et ramener chez les Lanternois les Princes qui s'étaient ré-
fugiés chez l'étranger. » Ce qu'il
prouva d'une manière si claire, que
tout le monde le crut encore, tout
en n'y comprenant rien.

A cette nouvelle interprétation
du complot de la machine infernale, l'Ogre se mit fort en colère, et dit : « Que les Princes

étaient des poltrons qui n'avaient pas le courage de le regarder en face.» Puis il ordonna qu'on enverrait aussi deux cents *Engourdis* dans l'île des Perroquets, pour y servir de pâture aux serpens. Ce qui fut exécuté.

Depuis lors, les deux partis n'osèrent plus ouvrir la bouche pour se plaindre ; et comme l'Ogre leur avait encore jeté aux yeux une forte dose de sa poudre, ils ne cessaient de crier : « O le grand homme ! ô le grand homme !» Et fut résolu qu'il serait le premier conseiller pendant deux mille ans, s'il vivait jusque-là.

C'est ce qu'on verra dans la suite de cette si merveilleuse et si véridique histoire.

CHAPITRE X,

Du grand garde - manger de l'Ogre.

Le pétard avait légèrement en-
dommagé une maison en face du
château de l'Ogre, qui, voulant paraître généreux, envoya des maçons
pour la réparer; mais, d'après ses
ordres secrets, ils grattèrent tant les
plâtres, écornèrent tant de pierres,
agrandirent tant la brèche, que la
maison finit par s'écrouler entièrement. Celle du voisin, lézardée par
la secousse, fut aussi démolie, puis

une troisième, puis une autre. Elles tombaient les unes sur les autres comme des capucins de cartes : si bien que, quand on eut enlevé les décombres, on fut bien étonné de voir devant le château une place assez grande pour faire manœuvrer six cent mille hommes d'infanterie et deux cent mille chevaux. « Quand j'aurai rempli cette place de troupes, disait l'Ogre à part soi, nous verrons qui aura le bras assez long pour me donner des croquignoles? »

Et tous ceux qui avaient reçu de la poudre dans les yeux, de crier : « Oh qu'il est grand ! oh qu'il est grand ! » Et de fait, presque tout le monde le croyait, excepté pourtant son tailleur, qui ne savait que penser en voyant qu'il n'employait pas

plus de drap pour faire un habit à
l'Ogre qu'à tout autre personnage.

Bon-à-part, qui se voyait maître
de tout, mangeait maintenant à
gogo, et n'avait plus besoin de dire :
« *J'ai faim;* » mais, comme il était
devenu aussi friand que goulu, il
avait fait arranger un grand garde-
manger (1) à deux lieues de sa capitale : c'était comme un château fort,
et là-dedans il faisait soigneusement
serrer le gibier qu'on lui amenait
de toutes parts. Ce n'était rien
moins que des prêtres bénis, des
nonnes sucrées et de petits princes
qu'il y faisait renfermer pour les
croquer à sa fantaisie. On y mettait
aussi ceux qui se bassinaient les

---

(1) Le donjon de Vincennes.

yeux, et qui, après avoir essuyé la
poudre que l'Ogre y avait jetée,
voyaient les choses dans leur état naturel, et répondaient : « Ah qu'il
est *petit!* » à ceux qui avaient la
berlue et qui criaient : « Oh qu'il est
grand! » Et de ceux-là il en avalait
une douzaine, en guise d'huîtres, à
chaque repas.

Comme c'étaient des Lanternois,
il les mangeait en cachette, de peur
d'offusquer les autres; car il avait
promis aux Lanternois de ne manger que leurs ennemis ; et c'était
bien assez pour sa pitance, car ceux-
là ne lui manquaient pas.

Il avait des oiseaux de proie qui
changeaient de couleur à volonté,
pour attirer dans ses filets ceux qui
lui déplaisaient et qu'il voulait dé-

vorer. Il commença la curée par un de ses anciens voisins, qui se souvenait d'avoir vu l'Ogre tout petit. Pour celui-là il le fit mettre à mort publiquement, comme étant convaincu d'avoir fait une conspiration en musique contre lui : il se nommait *Na-Are*. Deux grands piqueurs chéris des Lanternois, *Ber-Klé* et *Aix-Des*, furent également tués le même jour et à la même heure, le premier dans le pays des Crocodiles, et l'autre dans les plaines de *Go-Maren*, où il venait de sauver la vie à l'Ogre ; et celui-ci n'eut pas honte de leur faire rendre de magnifiques honneurs funèbres, auxquels il assista à cheval, et en riant de tout son cœur, tandis qu'il recommandait aux autres de pleurer. Il ne fit également qu'une bouchée de plusieurs amis du bon Roi, qu'un *Remuant*, déguisé en *Engourdi*, avait attirés dans le garde-manger de l'Ogre; mais dans le nombre il y en avait deux dont il eut bien de la peine à se défaire : c'étaient deux braves piqueurs, que tous les chasseurs Lanternois regardaient comme leur père; ils auraient tous donné leur vie pour eux; et l'Ogre ne vit d'autre parti à prendre pour s'en défaire, que de faire étouffer l'un dans son lit, en répandant le bruit qu'il s'était étranglé lui-même en passant une allumette dans sa cravatte. Quant à l'autre, les cuisiniers chargés de le tuer ne purent jamais s'y résoudre, et se contentèrent de lui dire : « Va-t'en, et cache-toi. »

5

Mais l'Ogre en trouva bien d'autres
à dévorer.

Celui qui écrivait une ligne de
travers, *ennemi;* qui ne criait pas
avec l'Ogre, *ennemi;* qui disait
noir quand lui disait blanc, *ennemi;*
qui n'avait pas entièrement perdu la
mémoire, *ennemi;* qui buvait sans
sa permission, *ennemi;* qui ne buvait pas assez, *ennemi;* qui était
trop grand, *ennemi :* tout cela était
autant de gibier pour son grand
garde - manger, gardé avec autant
de mystère et de soin, que constamment bien approvisionné.

~~~~~~~~~~~~~~~~~~~~~~~~~~~~~~~~~~~~

CHAPITRE XI.

Comme quoi l'Ogre voulut se régaler du sang d'un Prince.

—

L'OGRE était un rusé compère; il savait bien qu'il ne paraissait grand qu'à ceux à qui il jetait de sa poudre aux yeux; mais cette poudre devait s'user à la longue; et quand on le verrait dans sa taille naturelle, il était douteux que les Lanternois, s'ils n'étaient plus soumis au génie *Vertigo*, voulussent continuer à remplir son garde-manger; il songea donc à se faire des partisans qui se-

raient intéressés à satisfaire son
grand appétit : d'après cela, il com-
posa un grand parlement de trois
chambres (1). En la première (2),
étaient les plus *vieux* et les plus
madrés du royaume ; parmi eux on
en voyait beaucoup qui s'étant par-
tagé les dépouilles du bon Roi et de
sa famille, avaient grand'peur de
voir revenir ses héritiers. A ceux-là
l'Ogre dit : « Vous n'avez rien à faire
qu'à dire oui quand je voudrai quelque chose ; et je ferai en sorte que
vous ne soyez jamais pendus. » Dont
furent les vieux bien contens, et
s'habituèrent si bien à leur rôle,

----

(1) Le Sénat, le Corps Législatif et le
Tribunat.

(2) Le Sénat.

que quand l'Ogre leur demandait à minuit : « Fait-il du soleil ? » Ils criaient tous : « Oui, oui ; il brille comme en plein midi ! »

La seconde chambre était celle des *muets* (1) : ceux-ci faisaient des lois avec des haricots rouges et des haricots blancs. Quand l'Ogre voulait une loi, on leur mettait une muselière pour empêcher les mouvemens de leur langue ; et puis ils allaient, les uns après les autres, mettre dans un plat, un haricot rouge, qui voulait dire, *non*, ou un blanc, qui voulait dire *oui* ; mais il y avait de la tricherie, car souvent on leur bandait les yeux avec un ruban rouge, et alors on leur conduisait la

(1) Le Corps Législatif.

5*

main , et on leur faisait prendre une couleur pour une autre.

La troisième chambre était celle des *parleurs* (1). Ceux-là étaient chargés de dire tout haut : « Il ne faut penser qu'au bonheur des Lanternois ; » et de dire tout bas : « Faisons tout pour l'Ogre. » Et ils envoyaient leurs décisions à la chambre des *muets,* pour y être sanctionnées.

Ces trois chambres , dirigées par la fée *Sanguinolente* , rendirent l'Ogre si formidable, que les moutons Lanternois venaient d'eux-mêmes lui tendre le dos pour se faire tondre , et allaient se présenter gaîment à la broche pour se faire rôtir.

Malgré cela les désirs de l'Ogre n'é-

_____

(1) Le Tribunat.

taient pas pleinement satisfaits. De
tous les effets du feu Roi il ne restait qu'une chaise enchantée, de la
forme de celle, qu'on appelle trône
dans d'autres langues : or, cette
chaise était l'objet des désirs secrets
de l'Ogre; il savait que tous ceux
qui s'y asseyaïent étaient adorés et
respectés, mais tellement respectés,
que la chaise était elle-même pour
les bons Lanternois l'objet d'une si
grande vénération, qu'on auroit
regardé comme un crime, seulement de la toucher du bout du doigt.

Les membres des *Oui* furent donc
bien surpris quand l'Ogre leur dit
un jour : « Je veux être le sultan des
Lanternois, et m'asseoir sur la
chaise enchantée. » Ils restèrent
stupéfaits, n'osant pas dire *non*,

par la crainte qu'ils avaient de
l'Ogre; et ils n'osaient pas non plus
dire *oui,* tant la chose leur paraissait
hardie. A la fin, cependant, un des
plus rusés et de ceux qui craignaient
le plus le cordon, lui dit : « Seigneur Premier Conseiller, certainement nous n'avons rien à vous refuser; mais on ne guérit pas de la
peur. Qui nous répond que vous ne
demandez pas la chaise enchantée
pour la rendre à l'héritier du roi que
nous avons tué? Or, si cela arrivait,
vous concevez certainement que...
nous autres qui.... enfin.... vous
devez comprendre que...»—«Suffit,
dit l'Ogre, vous aurez de mes nouvelles; je vous ferai voir que moi et
vos Princes nous ne pourrons jamais
être cousins. »

Les vieux n'avaient pas tout-à-fait tort ; car les bons, les vrais Lanternois, qui avaient toujours échappé aux piéges du génie *Vertigo*, et qui conservaient dans leur cœur l'amour de leurs anciens maîtres, croyaient bonnement que l'Ogre travaillait pour eux; mais ils ne le connaissaient guère. L'Ogre appela son grand pourvoyeur *Trucolinauc*, et lui dit : « Je suis las de grosses viandes ; je voudrais un morceau délicat, un morceau de prince. Prends du monde avec toi, passe la grande rivière, et amène-moi promptement ce jeune prince de la famille royale, celui qui pourrait peut-être me disputer quelque jour la chaise enchantée. »

Truconilauc ne se le fait pas

répéter. Il pique des deux, passe la
grande rivière, prend le Prince au
chaud du lit, l'amène dans le grand
garde-manger, et va avertir l'Ogre.

CHAPITRE XII.

Comme quoi l'Ogre s'assied sur la chaise enchantée, et de ce qui s'ensuit.

QUAND on vint annoncer à l'Ogre que le jeune Prince était dans le grand garde - manger, la mère *La Joie* était présente, ainsi qu'un des frères de l'Ogre ; et tous deux furent bien épouvantés quand ils virent que l'Ogre avait envie de dévorer le jeune Prince. Ils savaient combien il était chéri et adoré par les Lanternois, et ils craignaient que sa

mort n'attirât sur eux quelque grand
malheur. Adonques se mirent à prier
et supplier l'Ogre de laisser vivre le
jeune Prince : leurs prières ne firent
qu'irriter l'Ogre ; et comme il voulait s'en aller pour ne pas les entendre, sa mère se jeta à genoux et
se traîna à ses pieds, en tenant le
pan de son habit ; mais l'Ogre, se
retournant, donna un grand coup
de pied à sa mère, et voulut faire le
même cadeau à son frère : celui-ci
para adroitement le coup de pied,
et riposta par un vigoureux coup de
poing qu'il lui appliqua sur la mâchoire.

Alors l'Ogre, en colère, se mit à
beugler comme un bœuf, et à crier
de toutes ses forces : « Sortez, canaille, sortez, ou je vous avale

aussi. Oui, je mangerai le Prince ; je m'en régalerai en dépit de vous et de tous ceux qui pourraient y trouver à redire ; et pour vous punir de votre insolence et de votre pitié qui m'outrage, je vous déclare que je ferai des rois et des reines de tous mes autres frères et sœurs, et même de mes maîtresses. Allez, que je ne vous voie plus : c'est mon dernier mot. »

« Laisse donc ! laisse donc ! repartit son frère ; tu seras encore trop heureux quelque jour de venir manger ma soupe. Adieu, monstre, adieu. »

« Au diable ! » répondit l'Ogre, et s'en alla de suite assembler un conseil de huit cuisiniers-bouchers

6

pour décider à quelle sauce on met-
trait le jeune Prince.

Quand on tua le jeune Prince, il
se fit un cri si perçant, que toutes
les montagnes les plus lontaines en
furent ébranlées ; tous les peuples de
la terre en furent épouvantés ; tous
les échos répétèrent ce lamentable
cri : c'étaient comme des millions
de tonnerres qui mugissaient : « Vengeance ! vengeance ! » Le sang du
Prince s'exhala tout entier dans les
airs, et y forma comme autant de
nuages de pourpre qui se dispersèrent
dans les quatre parties du monde,
où elles tombèrent en gouttes plain-
tives et accusatrices ; elles furent
soigneusement recueillies par les Gé-
nies qui veillent sur les nations. Ils

les conservèrent pour les répandre sur la tête de l'Ogre, quand le jour de la vengeance sera enfin arrivé.

Mais l'Ogre, qui avait trop de dureté dans les oreilles pour entendre les cris de ceux qu'il faisait tuer, continua tranquillement son horrible festin, et puis alla trouver les membres des Oui, et leur dit : « Je viens de dévorer l'héritier le plus chéri de vos anciens maîtres : croyez-vous maintenant que je travaille pour eux ? » — « Non, dirent-ils, et vous pouvez sans crainte vous asseoir sur la chaise enchantée, et vous faire nommer Sultan, si les Lanternois y consentent. » — « Laissez-moi faire, dit-il ; j'ai une grande provision de rubans rouges ; je leur en ferai des lisières, et avec cela je les menerai comme je voudrai. »

Et l'Ogre laissa la liberté aux Lanternois de dire *oui* ou *non*, en faisant entendre toutefois qu'il dévorerait ceux qui diraient *non*. Et nul ne s'y hasarda : de sorte que tous ceux qui avaient des lisières rouges, ayant dit *oui*, il fut proclamé Sultan des Lanternois. On fit parler ceux qui n'avaient pas ouvert la bouche; et c'est de là qu'est venu le proverbe : *Qui ne dit mot, consent.*

Alors l'Ogre voulant faire croire aux gobe-mouches et aux simples que le Ciel était d'accord avec son ambition et sa voracité, fit dire au chef des Pontifes de venir lui tendre la main pour monter sur la chaise

enchantée ; et le chef des Pontifes,
qui était un vénérable vieillard, sé-
duit par les belles promesses de l'O-
gre, vint, du fond de l'Ausonie,
présider en personne à la fatale cérémonie ; mais il ne tarda pas à s'en
repentir, car l'Ogre, qui se moquait
autant du ciel que de la terre, se fit
un malin plaisir, quand il n'eut plus
besoin de lui, de le faire entourer
de *bayadères* éhontées, de *courti-*
sannes effrontées et de jeunes étour-
dis, qui l'appelaient, en criant,
Papa, Papa, et puis lui riaient au
nez. Ce n'est pas tout : pour le récompenser de sa complaisance et du
grand voyage qu'il avait fait, l'Ogre
lui prit tout ce qu'il avait ; et quand
il l'eut dépouillé, il voulut encore le
forcer de lui livrer sa conscience.

6*

Mais comme c'était le seul bien, et le plus précieux, qui lui restait, l'auguste et respectable vieillard ne voulut pas en faire la sacrifice : si bien donc que l'Ogre, irrité, le fit mettre dans un garde-manger, où il lui fit endurer toutes les tribulations possibles; mais il eut beau menacer, prier, jurer, tempêter, le chef des Pontifes ne voulut point trahir sa conscience.

Cependant l'Ogre alla s'asseoir en grande cérémonie sur la chaise enchantée, de quoi tout le monde fut émerveillé, et le fut bien davantage encore quand il prononça le superbe discours qui suit.

~~~~~~~~~~~~~~~~~~~~~~~~~~~~~~~

CHAPITRE XIII.

Discours et actions du nouveau Sultan.

—

« LANTERNOIS ! vous voyez comme je suis *grand :* pour ne pas faire de jaloux , je veux que tout soit *grand* autour de moi. Vous serez la *Grande* Nation : mais, pour cela , il me faut de *grandes* armées, de *grands* trésors, de *grandes* batailles, et de *grandes* finances. C'est *votre bien* que je veux : vous m'aiderez à faire votre bonheur, en me

donnant tous vos enfans pour en
faire des soldats, et tout votre argent pour payer mes *grandes* entre-
prises. Rien ne forme la jeunesse
comme les *grands* voyages : aussi je
vous promets de faire courir le monde à vos enfans, tant qu'ils auront
deux jambes. Il n'y a qu'un soleil
pour éclairer la terre, il ne faut
qu'un maître pour la gouverner ; et
ce maître-là, ce maître si *grand*,
c'est moi. »

Après cela, l'Ogre s'occupa de
récompenser ceux qui lui avaient
donné la main pour monter sur la
chaise enchantée. Le président des
Oui eut un château magnifique, avec
des dépendances considérables ; le
tout situé sur un morceau de papier,

qui fut déchiré le lendemain. Les membres de la chambre des *Parleurs* reçurent chacun un petit morceau de ruban trempé dans le sang du Prince que l'Ogre avait fait égorger; puis il leur dit : » Comme je suis maintenant sur la chaise enchantée, je n'ai plus besoin de vous; je suis assez grand pour parler tout seul, ainsi vous pouvez vous en aller. » Les Parleurs retournèrent donc planter leurs choux; et c'est à cette occasion-là que fut faite la fameuse chanson : *Allez-vous-en, gens de la noce*, etc.

Ceux qui croyaient que l'Ogre allait enfin se tenir tranquille, se trompaient bien fort : car son appétit alla toujours en augmentant; ce qui fit qu'il déclara à la chambre des *Oui* qu'il ne pouvait vivre à moins de trois cent mille hommes par an, que les *Oui* lui accordèrent volontiers ; car il avait bien soin de leur jeter de sa poudre aux yeux, pour se faire paraître de jour en jour encore plus *grand.*

Et certes, on ne pouvait pas douter qu'il ne fût le plus *grand* homme qui ait existé, sans en excepter Micromégas et Gargantua, puisque, sans compter les grosses viandes, on lui voyait prendre tous les jours mille quintaux de café, consommer deux mille quintaux de sucre ; qu'il lui fallait régulièrement sept cents quintaux de sel pour saler son pot, huit cents quintaux d'indigo et de cochenille pour teindre la laine dont on faisait ses habits, ses drapeaux, ses pavillons, blancs, bleus et rouges, etc., etc.; et tout le reste à l'avenant.

CHAPITRE XIV.

Des petits batelets, et des aigles à deux têtes.

—

L'Ogre, pour se désennuyer, re-
niflait par jour deux mille tonnes
de tabac, et en fumait autant en
carottes ; mais il lui en fallait du
plus exquis, et celui qu'on fabriquait
chez les Lanternois n'était pas de
son goût. Déjà il ne trouvait plus
ni café, ni sucre, ni indigo ; et pour
en avoir il fallait aller en chercher
dans des îles qui étaient bien loin, bien
loin, et gardées par les chasseurs

rouges qui l'avaient si bien étrillé dans le pays des Crocodiles.

Or, le royaume des Chasseurs rouges n'était éloigné que de sept lieues de celui des Lanternois ; il en était séparé seulement par un bras de mer que l'Ogre aurait enjambé comme un petit ruisseau, s'il avait été aussi *grand* que sa poudre le faisait paraître ; mais, hélas ! il savait bien à quoi s'en tenir là-dessus.

Il résolut donc de conquérir le royaume des Albionnais ; mais comment faire pour passer l'eau ? Des vaisseaux, il n'en avait plus ; les Rouges les avaient tous pris ou brûlés. Inspiré par son génie, il ordonna aux Lanternois de quitter toutes leurs occupations et de construire assez de petits batelets de sapin

pour couvrir le bras de mer de sept
lieues. Il espérait que les Lanternois,
qui sont naturellement légers, passe-
raient aisément sur ce pont de nouvelle fabrique, sans se mouiller la
cheville des pieds. Bientôt tous les
Lanternois ne s'occupèrent plus qu'à
charpenter des vaisseaux de sapin ;
toutes les grandes routes étaient couvertes de charrettes dont chacune
portait une petite flotte ; toutes les
rivières, tous les ruisseaux, dis-
paraissaient sous les bateaux qu'on
faisait charrier vers la mer ; et ces
vaisseaux ne ressemblaient pas mal
aux batelets de papier que les éco-
liers font aller dans les ruisseaux
des rues après une grande pluie. Et
les Lanternois, qui regardaient les
paroles du Grand-Ogre comme mots

d'évangile , se réjouissaient de ces préparatifs divertissans ; ils voyaient déjà tous les Albionnais pris , et se régalaient d'avance de sucre et de café, à deux sous la livre.

Mais quand le bras de mer commença à se couvrir de ces batelets, les Albionnais se mirent si fort à rire, à rire, qu'ils en avaient mal à la rate; et quand ce premier accès de gaîté fut passé, ils n'eurent qu'à souffler sur la flotte, pour renverser les batelets les uns sur les autres; et avec de petits pétards ils les firent sauter par milliers. Force fut donc à l'Ogre de renoncer à la conquête du royaume des Rouges , et de se retourner d'un autre côté, au grand regret de ses petits amis , à qui il avait donné d'avance des places magnifiques dans ce Royaume; et ceux-ci, qui croyaient bonnement à la parole du maître, dévoraient des yeux ces côtes blanches et escarpées qu'ils regardaient toute la journée avec des lorguettes, et qu'ils prenaient pour autant de pains de sucre. Aussi ils se nommaient, gros comme le bras, M. l'Intendant général d'Albion, M. le Trésorier général d'Albion; etc., etc. On voyait même sur le bord de la mer une troupe d'histrions qui prenait le titre de *Comédiens ordinaires de Sa Majesté Ogrichonne en Albion*, et faisait tous les jours, à la belle étoile, la répétition des pièces qu'ils devaient y jouer; mais ils furent, comme les autres, obligés de s'en retourner en chantant : *Ne vendez pas la peau de l'ours*, etc.

L'Ogre fit dresser des aigles pour le conduire partout où il y aurait bonne curée à faire, et se vantait d'avoir les meilleures aigles du monde ; il brûlait d'impatience de les mettre en œuvre utilement, lorsque son ambition et sa voracité furent encore excitées par la fée *Sanguinolente,* qui lui dit un matin, à son réveil : « Tu serais tout-puissant si tu possédais l'empire où sont les aigles à deux têtes. »

7*

~~~~~~~~~~~~~~~~~~~~~~~~~~~~~~~~

CHAPITRE XV.

Des voyages de l'Ogre, et autres gestes amusans.

———

IL n'en fallait pas davantage pour engager l'Ogre à entreprendre la conquête de l'empire des aigles à deux têtes. Il assembla une armée de huit cent mille hommes, dont la moitié fut tuée en arrivant, et la moitié de l'autre moitié fut prise ; et perdirent les autres, celui-ci un bras, celui-là une jambe, l'un son nez, un autre son menton. L'Ogre alla chercher une autre armée plus forte

que la première, et recommença de
plus belle.

L'empereur des aigles à deux têtes
avait sous ses ordres beaucoup de
princes et de rois, de ceux-là l'Ogre
ne fit qu'un déjeuner. Il rehaussa
d'un cran la couronne de ceux qui
avaient eu peur, ou qui s'entendaient avec lui pour trahir leurs
voisins et attraper leur part du
gâteau : il s'empara des états de
ceux qui s'étaient défendus, et qui
n'avaient pas voulu crier avec les
Lanternois : « O le grand homme ! »
De ce nombre était le Roi du pays
des Jambons ; l'Ogre lui prit sa
couronne et la donna à son petit
frère, qu'il fit roi, à condition qu'il
ne mangerait que les restes qu'il
voudrait bien lui laisser.

Ce fut alors que commença la grande promenade des jeunes Lanternois. L'Ogre leur apprit à courir comme des lièvres, de sorte qu'on les voyait aller d'un bout du monde à l'autre aussi facilement qu'on va aujourd'hui de Paris à Pantin, et de Pantin à Paris. En passant ils vous dévoraient un royaume en aussi peu de temps qu'une nuée de sauterelles dévore un pré ; et devint l'Ogre si puissant, qu'aucun prince ou roi n'osait éternuer ou cracher sans sa permission, sous peine d'être renfermé dans son garde-manger. Aussi ils en avaient tant de peur, qu'ils lui donnaient leurs garçons pour l'accompagner dans ses grandes promenades, et livraient leurs jeunes princesses à lui et à ses frères, dont il avait fait autant de rois, hormis celui qui lui avait donné un coup de poing sur la mâchoire.

Quand l'Ogre se vit si puissant, il lui vint dans la tête de faire un bon mariage, pour que, s'il était possible, on oubliât son origine, et qu'il fût respecté de ceux qui le méprisaient : il se mit donc en quête, frappant à toutes les portes où il y avait une princesse à marier ; mais il fut refusé partout. « Oh ! oh ! dit-il, je vois bien que ce n'est pas ainsi qu'il faut s'y prendre ! » Il se mit à la tête de six cent mille hommes, et s'en alla demander en mariage la Princesse des *aigles à deux têtes*. Le Roi, son père, avait de l'honneur, et ne voulait

pas d'un gueux revêtu pour gendre ;
mais quand il vit qu'à chaque *non*
qu'il disait, l'Ogre et ses gens ava-
laient un millier de ses sujets, il
fut bien forcé de sacrifier sa fille
pour sauver son pays. Alors l'Ogre
renvoya la veuve qu'il avait prise
pour sa femme, épousa la jeune
princesse, au grand étonnement du
monde entier, et fut plus puissant
que jamais.

Aussi, comme il dévorait ! Son
appétit était si grand, que tout lui
paraissait bon ; un morceau n'attendait pas l'autre ; mais comme il
était devenu aussi friand que gour-
mand, il ne cessait de pester et de
faire de gros jurons contre les Albionnais, qui lui rognaient sa por-

tion de sucre et de café , et ne lui en donnaient qu'à force d'argent comptant.

Lorsqu'il eut dépensé en friandises tous les trésors qu'il avait volés dans les pays qu'il avait ravagés, il fut bien obligé de faire ouvrir les bourses et les coffres-forts des Lanternois; et pas ne manqua de prétextes pour leur arracher jusqu'au dernier sou.

Il ordonna que l'on paierait *tant* par livre d'air que l'on respirerait par la porte ou par la fenêtre ; *tant* par bête qui entrerait dans une ville, et Dieu sait s'il en manquait! *tant* par roquille de vin ou d'eau-de-vie que l'on changerait de place ; *tant* pour aller d'un village à l'autre ; *tant* pour avoir le droit de tirer de

la poudre aux moineaux; *tant* pour
avoir celui d'enseigner la BA, BE, BI,
BO, BU; *tant* pour avoir la permission de l'apprendre; *tant* pour celle
de jouer aux cartes, à la triomphe
ou à la bataille; *tant* par entrechat
et par rigaudon; *tant* par fusée ou
par pétard; *tant* par billet de comédie; *tant* par voiture qui pese-
rait un quarteron de trop; *tant*
pour prouver qu'on était le fils de
son père et de sa mère; *tant* pour
se promener dans un char après sa
mort, etc.

Mais ce qui lui rapportait le plus
de monnaie, c'étaient ses ordres de
promenade. Celui qui voulait s'en
dispenser, payait une grosse somme;
celui qui ne pouvait pas marcher,
payait encore : de sorte qu'il faisait

payer le malheur d'être aveugle, borgne, manchot, boiteux, bossu, asthmatique, paralytique, fiévreux, catarrheux, rabougri, goutteux, rachitique, etc., etc., etc., etc., etc., etc., etc., etc.

Et il n'y avait pas à dire qu'on pût s'exempter de la promenade sans payer. Quand un jeune Lanternois se cachait, ou mourait *incognito,* on s'en prenait à ses père et mère, à son oncle, à sa tante, à son cousin, à sa cousine, au beau-frère, à la belle-sœur, au tuteur, au curateur, au parrain, à la marraine, au voisin, à la voisine, et quelquefois à tout le village : si bien que l'Ogre roulait sur l'or, et en avait rempli son palais depuis la cave jusqu'au grenier.

8

~~~~~~~~~~~~~~~~~~~~~~~~~~~~~~

CHAPITRE XVI.

Comme quoi l'Ogre-Sultan fit élever une grande colonne.

—

L'Ogre, comme on vient de le voir, était bien riche et bien puissant, et il aurait pu être heureux, ainsi que les Lanternois, si ce n'eût été son grand appétit, qui, suivant la prédiction de *Sanguinolente*, allait toujours en augmentant. Les Lanternois craignaient l'Ogre, mais ne l'aimaient pas. Les pères et les mères n'étaient pas contens de voir revenir leurs garçons de la promenade et de la chasse avec des béquilles, des jambes de bois, des mains de cuivre et des nez d'argent. Les jeunes filles surtout trouvaient qu'il était désagréable de danser avec des manchots et des boiteux, et de ne pouvoir se marier qu'avec des têtes-à-perruques. Elles avaient beau chanter tristement :

Gai, gai, marions-nous,
Car la noce est déjà prête, etc.

elles en étaient pour le refrein de la chanson ; il arrivait même souvent que quand elles épousaient un jeune homme qui avait payé chèrement une exemption de promenade, on venait de la part du Sultan enlever le nouvel époux après le repas des noces ; et la pauvre mariée était

tout ébahie de se trouver veuve
avant d'avoir connu ce que c'était
que le mariage.

Il arrivait en conséquence que les
femmes, voyant qu'elles vivaient
dans un monde renversé, où les
jeunes garçons mouraient avant leurs
grands-papas, ne demandaient plus
que des filles au ciel, et pleuraient
à chaudes larmes quand il leur
donnait un garçon ; et pour les voir
exempts de la promenade périlleuse,
elles faisaient ce qu'elles pouvaient
pour les rendre bossus ou tortus,
louches ou borgnes; et un garçon qui
n'avait point de dents, ou qui avait
un membre de moins, était regardé
comme un trésor pour une famille.
De plus, comme ordinairement on
exemptait de la promenade les jeunes

gens qui s'étaient mariés avant l'ordre, on voyait des adolescens se marier avec des vieilles sans dents; d'autres épousaient des enfans, qu'on renvoyait à l'école après la noce; et Dieu sait comme la population aurait été si cela avait continué, et cela en dépit de l'assertion du flatteur en chef du gouvernement, qui disait, en face, aux Lanternois : « Que le meilleur moyen de peupler un empire, c'était d'en faire tuer tous les habitans. »

L'Ogre savait bien qu'on murmurait de lui voir mettre tous les jeunes gens en chair à pâté; mais comme il connaissait le caractère des Lanternois, il inventait toutes sortes d'amusettes pour les distraire. Il faisait allumer des chandelles dans

8*

les rues, faisait tirer des pétards;
distribuait de l'eau et du vinaigre
aux plus altérés, une croûte de
pain et quelques os de volaille aux
plus affamés, employait les désœu-
vrés à gratter ou à blanchir de
vieilles maisons; et pour faire croire
que c'était lui qui les avait fait bâtir, il y faisait mettre sa figure en
plâtre, et graver son nom dans tous
les coins, même jusque dans les
endroits solitaires où aboutit tout
l'art des cuisiniers. Il faisait mettre
à bas des milliers de maisons pour
élargir les rues, faisait jeter des
planches sur la rivière pour passer
l'eau en payant, faisait démolir la
moitié d'une ville pour construire
un grand palais à son poupon, qui
n'était pas encore aussi gros qu'une

puce; et quand les propriétaires des maisons qu'il faisait démolir, venaient lui demander l'indemnité qu'il leur avait promise, il les faisait mettre dans son garde-manger, trouvant qu'il était plus commode de les avaler que de les payer.

Et pour laisser à ses petits-enfans (s'il en avait) un grand souvenir de ses exploits, il fit élever sur une place de la capitale une colonne immense, ainsi qu'il suit:

Les fondemens avaient trois cents pieds de profondeur, et furent faits entièrement avec des os de morts; la chaux qu'on employa pour les réunir ensemble, fut délayée dans des torrens du sang des Lanternois et des autres peuples qu'il avait dévorés, et des larmes de leurs parens

et de leurs amis. La colonne, qui
s'élevait sur ces fondemens, avait six
cents pieds de hauteur, et était entièrement composée de têtes de
morts artistement posées, empilées
les unes sur les autres; et tout en
haut de ces têtes hideuses à voir
(pour ceux qui n'avaient pas de sa
poudre dans les yeux), était placée
sa statue. Elle était d'une taille
prodigieuse; du pied elle foulait des
monceaux de cadavres mutilés, et
de sa main elle semblait menacer
le ciel.

Mais quoique l'Ogre fût fier d'a-
voir fait élever une colonne aussi
extraordinaire, il passait néanmoins
rarement à côté; car, lorsqu'il s'en
approchait seulement de cent pas,
ces ossemens et ces têtes s'ébran-

laient, s'entrechoquaient et faisaient un bruit horrible. Sa statue paraissait environnée d'un nuage de sang; des soupirs et des cris lugubres s'échappaient des fondemens de la colonne; de grosses larmes brillantes tombaient des yeux vides de ces têtes de morts; et de leurs bouches sortaient des voix sépulcrales qui, s'unissant en un infernal concert, faisaient entendre des millions de fois, du haut en bas de la colonne, ces épouvantables paroles : *Tu descendras! tu descendras!*

L'Ogre alors levait la tête malgré lui, et voyait sa statue s'agiter, s'ébranler, et prête à tomber sur lui, et à l'écraser de son poids. Alors il tremblait de tous ses membres, se tâtait le pouls, pour voir s'il était

encore en vie; essuyait ses mains,
croyant les voir couvertes de sang;
se bouchait les narines, croyant sentir l'odeur fétide des cadavres; en-
fonçait ses éperons d'or dans les flancs
de son cheval, et ne faisait qu'un galop jusqu'à son palais, où il se renfermait, battait sa femme, ses ministres, cassait les glaces, les meubles,
pendant tout le temps qu'il croyait
encore voir ces têtes de morts s'agiter, et leurs bouches hideuses répéter à ses oreilles : *Tu descendras!
tu descendras!*

~~~~~~~~~~~~~~~~~~~~~~~~~~~~~

CHAPITRE XVII.

Comme quoi l'Ogre voulut avaler le royaume d'Ibérie.

—

Le Sultan des Lanternois avait pour ami le Roi d'Ibérie, qui lui donnait à manger tout ce qu'il voulait. Il n'avait qu'à dire : « Je voudrais bien avaler trente vaisseaux, ou trente mille Ibériens, ou une tonne d'or; » et on les lui donnait à avaler. Mais l'Ogre, trouvant que cela allait encore trop lentement pour son appétit, aurait bien voulu avaler le royaume d'Ibérie d'une bouchée,

comme il avait fait de tant d'autres ;
il n'osait point employer la force,
parce que les Ibériens se méfiaient
de lui, et se seraient bien défendus, s'il avait voulu traiter les mérinos comme il traitait les moutons
Lanternois. Il résolut donc d'employer la ruse.

Le vieux Roi d'Ibérie avait un
gros chien nommé *Favori* (1), qu'il
aimait comme la prunelle de ses
yeux ; la Reine l'aimait aussi, parce
qu'il leur faisait mille gentillesses,
qu'il sautait pour eux, et leur lé-
chait les mains ; et le Roi aurait
mieux aimé perdre son royaume
que son *Favori*. Mais celui-ci ne
plaisait pas à tout le monde ; car s'il

_____

(1) Godoï , Prince de la Paix.

caressait le Roi et la Reine, il était hargneux pour tous les autres Ibériens : ajoutez qu'il était voleur, et qu'il n'y avait marmite dans le pays où il n'allât fourrer son nez, et n'en tirât avec sa patte quelque morceau ; et ne cessait en outre d'aboyer contre le jeune Prince d'Ibérie, beau et brave seigneur, chéri et adoré de tous les Ibériens.

A cela *Favori* était encore excité par un grand piqueur que l'Ogre avait envoyé à la cour d'Ibérie. Ce piqueur, à force de flatter *Favori*, et de lui offrir les morceaux qu'il aimait le mieux, était parvenu à en faire tout ce qu'il voulait : si bien qu'un jour que le fils du Roi passait, le piqueur n'eut qu'à dire : « Mords-le, » et *Favori* sauta aux jambes

du Prince, et l'aurait mordu, si celui-ci, d'un grand coup de pied,
n'eût envoyé l'animal hargneux contre la muraille. De quoi *Favori* se
mit à geindre si pitoyablement, que
le Roi et la Reine accoururent à ses
cris; et quand le Roi eut ouï que
c'était son fils qui avait fait bobo à
Favori, il se mit fort en colère, et
ordonna d'enfermer le Prince dans
un cachot, au pain et à l'eau.

Mais quand les Ibériens apprirent
que leur Prince chéri était en prison,
et que le méchant *Favori* en était la
cause, ils coururent tous en foule
avec des bâtons vers le palais, et se
mirent à crier tous ensemble qu'ils
voulaient ravoir leur Prince, et qu'il
fallait tuer *Favori*. De quoi le vieux
Roi fut si épouvanté, qu'il promit

aux Ibériens, non-seulement de rendre la liberté à son fils, mais encore de lui donner sa couronne si on voulait laisser vivre *Favori*. Ce fut une grande joie pour les Ibériens quand ils surent que le jeune Prince qu'ils aimaient tant, allait être leur Roi, et ils consentirent à ne pas tuer *Favori*; mais ils le firent mettre à l'attache, afin qu'il ne volât plus le pot-au-feu des Ibériens et ne mordît plus personne.

Quand l'Ogre apprit tout cela, il en eut un furieux dépit; car il avait espéré que *Favori* étranglerait le jeune Prince, et qu'ensuite il aurait bon marché du vieux Roi. Mais il ne renonça pas pour cela à son projet d'avaler l'Ibéric, et s'imagina qu'il en viendrait facilement à bout, s'il

pouvait avec adresse attirer le nouveau Roi hors de son pays. Pour exé-
cuter ce dessein, il se rendit en toute
hâte à la ville des Baïonnettes, qui
est sur les frontières de l'Ibérie, et
de là envoya un piqueur souhaiter
le bonjour de sa part au nouveau
Roi, et l'inviter à dîner avec lui dans
la ville des Baïonnettes, lui promettant de beaux châteaux en Espagne,
s'il venait.

Le jeune Prince, qui ne voulait
pas se mettre à dos un Ogre qui aurait pu l'avaler comme une prune,
s'y rendit moitié de gré, moitié de
force ; et quand il fut arrivé, il
trouva, au lieu d'un bon dîner, l'O-
gre, qui lui dit : «Donne-moi ta couronne, ou je te croque.»—«Croque!
je m'en moque, répondit le Prince ;

mais tu ne l'auras pas, Nicolas!»

Notre Ogre entra dans une grande colère, et aurait dévoré sur-le-champ le jeune Prince, si *Sanguinolente*, qui était toujours invisible à côté de lui, ne lui eût soufflé à l'oreille un autre projet. En conséquence, il fit enfermer le jeune Prince dans un de ses garde-manger (car il en avait partout), et dit qu'il le laisserait jeûner jusqu'à ce qu'il consentît à lui donner sa couronne; mais le jeune Prince jura qu'il n'en ferait rien, parce qu'un enfant bien élevé doit conserver avec soin les cadeaux de ses parens.

Le Sultan, voyant cela, jugea qu'il ne viendrait pas à bout de son dessein, s'il n'attirait pas le vieux Roi dans ses filets, et résolut, en

9*

conséquence, de le faire venir aussi
par ruse dans la ville des Baïonnettes. Nous verrons dans le chapitre
suivant de cette véridique histoire,
comment il s'y prit pour accomplir
un dessein d'une perfidie inconnue
jusqu'à lui.

CHAPITRE XVIII.

Comme quoi l'Ogre se sauva avec des bottes de sept lieues.

LE grand piqueur (1), qui était resté en Ibérie, reçut l'ordre secret d'escamoter *Favori*, qui était à l'attache, et de l'amener promptement dans la ville des Baïonnettes. Comme le piqueur était un rusé compère, il n'eut pas de peine à réussir. Et quand l'Ogre eut *Favori* en son

(1) Savary.

pouvoir, il fit dire au vieux Roi et
à la vieille Reine, que s'ils voulaient
se donner la peine de venir dans
la ville des Baïonnettes, il leur ren-
drait de suite *Favori*. On leur aurait donné trois royaumes, qu'ils
n'auraient pas été plus contens, et
ils coururent en toute hâte jusqu'à
la ville où le rusé Sultan les attendait. Quand ils furent arrivés, l'O-
gre leur dit : « Votre fils est un ingrat et un dénaturé ; il a eu la
hardiesse de battre votre *Favori*,
qui, sans moi, serait encore à l'attache, privé des caresses d'un si
bon maître et d'une si bonne maî-
tresse ; je suis prêt à vous le rendre,
si vous me donnez votre couronne
pour mon grand frère. Je le veux :

qu'avez-vous à répondre à cela? »—
« Rien, dit le vieux Roi d'Ibérie, et
vous serez satisfait. »

Mais le jeune Prince ibérien ouvrit de grands yeux quand son père
lui dit que c'était pour rire qu'il lui
avait donné sa couronne, et qu'il
lui ordonnait de la remettre à l'O-
gre sur-le-champ. Le Prince fit d'a-
bord quelque résistance ; mais réflé-
chissant qu'un bon fils devait obéir
à ses parens, il finit par se soumet-
tre. Ensuite le Sultan, tout joyeux,
récompensa le vieux Roi et la Reine,
comme il récompensait tous les autres ; c'est-à-dire, qu'il les fit mettre
avec leur *Favori* dans un de ses
garde-manger, les assurant qu'ils ne
manqueraient de rien, et qu'on leur
donnerait tous les jours, pour les

régaler, tout juste ce qu'il faudrait pour les empêcher de mourir de faim.

Puis il donna la couronne d'Ibérie à son grand frère, lui ordonnant de bien mitonner les *mérinos* ibériens, jusqu'à ce qu'il lui plût, à lui Sultan, d'en faire un grand festin.

Le grand frère se mit en route, croyant qu'il n'avait qu'à se montrer pour que les *mérinos* vinssent se faire tondre d'eux-mêmes; mais il s'était bien trompé dans son calcul. Les *mérinos* ibériens n'étaient pas d'humeur à se laisser fricasser comme les lièvres d'Ausonie, comme les moutons lanternois, comme les vaches bataves, comme les bœufs helvétiens, comme les porcs westphaliens, comme les marmottes sa-

baudiennes, etc., etc., etc., etc.,
etc., etc., etc., etc., etc., etc., etc.
etc., etc., etc., etc., etc., etc., etc.
etc., etc., etc.

Aussi, quand le grand frère arriva, au lieu de doux moutons, il ne
trouva de tous côtés que *mérinos* et
béliers qui le menaçaient de leurs
cornes, et qu'Ibériens armés de lardoires, qui lui criaient : « Va-t'en !
va-t'en ! ou nous te piquons comme
un râble de lièvre. » Et le grand frère, qui était un peu lièvre de son
naturel, ne savait de quel côté courir pour sauver ses mollets.

Et pour les conserver il fit dire
plus d'une fois à son ogre de frère,
qu'il ne voulait pas de la couronne
qu'il lui avait donnée ; qu'elle était
trop lourde pour la porter en cou-

rant, etc. L'Ogre, qui voulait abso-
lument se régaler de la chair fraîche des Ibériens, y envoya des armées de trois cent, quatre cent mille
hommes, pour les mettre en capilo-
tade; mais de tous ceux qui allaient
là pas un ne revenait; car le Génie
des Ibériens, ennemi de *Caline* et
de *Sanguinolente*, avait creusé de
toutes pàrts des abîmes sans fond,
où venaient tomber, tête baissée,
tous les chasseurs et tous les cuisiniers qui arrivaient du pays des
Lanternes.

Mais l'Ogre, qui ne doutait de
rien, et qui ne voulait pas en avoir
le démenti, déclara, à la face du
monde entier, qu'il allait y aller
lui-même, et qu'avant deux lunes
il placerait son grand tourne-bro-

che sur la plus haute tour de la capitale d'Ibérie, pour y faire rôtir tous les *mérinos*.

Quand le Sultan s'approcha de la capitale, et qu'il vit des millions de cornes prêtes à l'éventrer, des millions de lardoires dirigées contre lui, des millions de voix qui criaient : «Le voilà, le voilà, le grand dévorateur de l'espèce humaine ! tombons tous sur lui ! » quand il vit qu'autour de lui ce n'étaient que piéges à loups ; qu'il n'évitait un trébuchet que pour tomber dans un autre ; qu'il était entouré de précipices ; ô dame ! il eut peur tout de bon ; et se mit à crier piteusement : « *Caline ! Caline !* me laisseras-tu périr ? » — « Non, dit *Caline*, se montrant tout à coup à lui : prends ces bottes de sept lieues , et sauve-toi.» Et elle disparut aussitôt.

L'Ogre essuie ses yeux , met ses bottes , et enjambe prestement les montagnes, les plaines et les ruisseaux , que c'était un plaisir de le voir : en moins d'une couple d'heures, il arriva du fond de l'Ibérie à la ville des Baïonnettes. Là il ne se croyait pas encore en sûreté ; car il avait si peur, si peur, qu'il voyait des ennemis partout : si bien qu'étant arrivé dans la petite ville d'*Argis-Mont*, un vieux bonhomme, qui se réjouissait de le voir , s'étant avisé, près de sa voiture, de crier de tout son cœur, lorsqu'il l'aperçut : « Voilà l'Ogre ! le voilà ! » l'Ogre, croyant sans doute que les mérinos le poursuivaient en-

core, devint pâle, et, tout tremblant, se mit à crier : « Qu'est-ce
que c'est? qu'est-ce que c'est? fouet-
te, cocher! » Et se rejeta dans sa
voiture avec tant de précipitation,
qu'il se fit une bosse à la tête, et
ne voulut s'arrêter pour manger,
quoiqu'il eût bien faim, qu'après
être arrivé dans la capitale du pays
des Lanternois.

On parla long-temps de ce voyage
si rapide; et ceux qui se souve-
naient de ce qu'il avait promis avant
de partir, disaient (mais bien bas,
et pour cause) : Que l'Ogre était un
tantinet *gascon*; que *tous les Gas-
cons ne sont pas de la Garonne*;
que *promettre et tenir sont deux*.
On chantait aussi : *Ne vendez pas
la peau de l'Ours*; *Va-t'en voir*

s'ils viennent, Jean; Tu ne l'au-
ras pas, Nicolas; et mille autres
dictons qui depuis ont passé en pro-
verbes.

———

CHAPITRE XIX.

Comme quoi l'Ogre prit de la mousse de Corse, et de ce qui en advint.

—

Le Sultan ne voulant pas avoir l'air de renoncer à son projet, envoyait tous les ans une nouvelle armée à son grand frère ; mais on pouvait dire adieu à tous ceux qui partaient, car on ne les revoyait plus. Les chasseurs rouges étaient venus au secours des Ibériens, et faisaient courir le grand frère comme quand on joue aux barres; ce qui augmenta tellement la haine de

10*

l'Ogre pour les Albionnais, qu'il suffisait de prononcer seulement leur nom devant lui, pour être dévoré sur-le-champ ; et les avait tellement en horreur, qu'il faisait brûler tout ce qu'ils avaient touché, comme s'ils eusssent été pestiférés. Toutefois il avait bien soin de mettre sa grosse main sur toutes les denrées dont il était friand, et avalait le tout comme un goulu : si bien que les Lanternois, qui n'avaient que les miettes, qu'il leur faisait encore vendre bien cher, se plaignaient de n'avoir plus de bonbons pour les baptêmes, de sirop ni de limonade pour se rafraîchir, de café pour déjeuner, de quinquina pour la fièvre, d'indigo pour faire des habits bleus, etc.

Mais la poudre de l'Ogre, qui leur donnait la berlue, leur faisait prendre du jus de betteraves, de carottes, de la lie de vin cuite et calcinée, pour du sucre ; des pois, des haricots, de la chicorée sauvage, pour du café. Il est vrai qu'ils faisaient un peu la grimace en avalant la pilule, et trouvaient que le génie *Vertigo*, qui avait tout bouleversé, avait aussi changé la douceur en amertume. Ils faisaient de l'indigo avec des bleuets, et du quinquina avec des marrons d'Inde ; ce quinquina guérissait de la fièvre en guérissant de la vie.

Il advint qu'un jour Sa Majesté Ogrichonne eut une colique épouvantable qui la fit beugler comme un

bœuf; tous les docteurs en méde-
cine furent mandés, et après avoir
tâté le pouls du malade, et lui avoir
fait montrer sa langue, ils décidè-
rent que Sa Majesté avait des vers;
et lui ordonnèrent, en conséquence,
d'avaler un quintal de mousse de
Corse.

Le remède commença bientôt à
opérer; les docteurs, pour en exa-
miner l'effet, tenaient gravement
leurs lunettes braquées sur le pot:
ils furent bien émerveillés de voir
sortir des entrailles de Sa Majesté,
au lieu de vers, une légion innombrable de *Rats* de toutes couleurs,
tous vivans, tous grouillans, qui,
se débordant comme un torrent dé-
vastateur, se *réunirent* sur la grande

place du Palais : ce qui fit qu'on les appela dans la suite les *Rats-réunis*.

De là se séparèrent, par légions, par bataillons, par compagnies, par escouades, comme un camp volant, et se répandirent dans tout le pays des Lanternes, et se logèrent de préférence dans les caves des marchands de vin, où ils firent des dégâts épouvantables ; car ces rats singuliers ne ressemblaient pas aux autres rats : ils buvaient du vin et toutes sortes de liqueurs : si bien, qu'il n'y en avait pas une bouteille où l'on ne vît l'empreinte de leurs griffes sur le bouchon. Ils se jetaient aussi sur le sel, sur les cartes, sur la musique, reniflaient du tabac comme des Suisses, et grignotaient

la moitié (1) des voitures publiques
et des coches. Enfin, on ne pouvait
faire un pas sans en rencontrer qui
vous montraient les dents. Il y en
eut bien quelques-uns de tués, de
noyés, d'échinés par-ci par-là ; mais
le Sultan, qui les protégeait, et
pour cause, déclara qu'il croquerait
ceux qui les molesterait; il ordonna
aux Lanternois de les nourrir gras-
sement, et en envoya une forte
bande dans les autres pays, où ils
achevèrent de gruger le peu que les
chasseurs de l'Ogre y avaient laissé.

_____

(1) La taxe établie sur les voitures.

CHAPITRE XX.

De ce qui arriva à l'Ogre dans le pays des Glaçons.

CEPENDANT l'appétit de Sa Majesté Ogrichonne allait toujours en augmentant; et comme elle avait tout dévoré à deux cents lieues à la ronde, elle se mettait la tête à la torture pour savoir où elle prendrait de quoi mettre sous la dent, quand elle apprit que les Albionnais avaient des magasins considérables de dragées au pays des Glaçons, et conçut bien vite le projet d'aller les avaler.

L'Ogre - Sultan rassemble tous les jeunes Lanternois à qui il restait deux jambes ; il part avec une armée de plus de six cent mille hommes, et un attirail, un train qui couvrait la moitié de la terre. Il les fait marcher tant, et si loin, qu'ils ne pouvaient assez s'étonner de ce que le monde était si grand. Enfin, après quelques escarmouches, il arrive dans la plus grande ville du pays des Glaçons, et s'y arrête pour faire reposer son armée. Il se réjouissait déjà du bon repas qu'il allait faire en avalant les bonbons des Albionnais, et le pays des Glaçons par-dessus, lorsqu'une nuit un fracas épouvantable le réveille. Il regarde par la fenêtre, toute la ville paraît en feu ; des tour-

billons de flammes et de fumée s'é-
lèvent jusqu'au ciel ; les maisons
craquent et s'éboulent les unes après
les autres. Il s'habille à la hâte , fait
sonner la retraite, et se sauve avec
son armée à travers champs , sans
regarder derrière lui ; et ne cessè-
rent de courir que lorsqu'ils furent
arrivés dans une plaine immense,
où l'on ne voyait que le ciel et la
neige. Là ils s'arrêtèrent un peu
pour reprendre haleine, et faire leur
déjeuner ; mais ils n'étaient pas au
bout de leurs peines. Le Génie des
Glaçons parut dans un char formé
d'un nuage de neige et de givre ,
poussé par le vent de bise , et se mit
à souffler sur eux, mais si froid, si
froid, si froid, qu'ils gelaient les
uns après les autres , et devenaient

roides comme des piquets ; et c'était
une chose piteuse que de voir ces
pauvres Lanternois étendus sur la
neige , sans plus pouvoir remuer ni
bras ni jambes. Si quelques-uns
d'entre eux avaient la force de faire
un mouvement, leurs bras ou leurs
jambes restaient dans la posture où
ils se trouvaient, si bien qu'on les
voyait comme des statues, les uns
la main à leur nez, les autres à
leurs yeux ; celui-ci montrant le
poing à l'Ogre, auteur de tant de
maux ; celui-là les deux bras étendus
vers le pays des Lanternes, qu'il ne
devait plus revoir ; d'autres avaient
la bouche ouverte, et étaient morts
en criant : « Ah ! ma pauvre mère ! »
Ils n'avaient pu en dire davantage ,
car leurs paroles s'étaient gelées en

même temps que leurs corps ; et
ceux qui vivaient encore s'achemi-
naient lentement, comme des spectres errans, vers le feu des maisons
que l'Ogre faisait brûler sur son
passage. Là, ils s'asseyaient, dans
un morne silence, sur les cadavres
de leurs camarades, se laissaient
brûler sans rien sentir, finissaient
par tomber morts ; et un moment
après leurs corps servaient également de siéges à d'autres infortu-
nés, qui, comme eux, venaient se
jeter dans les bras de la Mort, en
voulant la fuir.

Et l'Ogre aurait gelé comme les
autres s'il ne se fût bien enveloppé
dans sa peau de tigre, et aurait été
tué par les cavaliers du pays des
Glaçons, qui fondaient sur lui de

tous cotés, si *Caline*, qui voyait
sa détresse, ne l'eût encore tout
d'un coup enlevé par le toupet, et,
lui faisant rapidement traverser les
airs, ne l'eût déposé, en quelques
minutes, à la porte de son palais,
dans la capitale des Lanternois.

Là, bien content de s'être encore
une fois échappé, et sans s'inquiéter
des centaines de milliers de Lanternois qu'il avait laissé périr de
faim et de froid, il se fit allumer
un bon feu et servir un bon souper.
Quand il eut bien mangé et qu'il se
fut bien chauffé, il s'écria en se
frottant les mains : « Heureusement
que je me porte bien ! Il fait meilleur ici que sur les bords de la
Bérésina. (1) »

---

(1) La *Bérésina* est une profonde rivière

Quand l'Ogre eut avalé son bon souper il alla se coucher dans un bon lit, où un bon sommeil lui fit bientôt oublier le mauvais succès de sa campagne dans les climats affreux et glacés des Barbares du Nord.

---

où il avait manqué de périr à sa retraite du pays des Glaçons, mais où une grande partie de son armée s'était engloutie quand il en avait fait détruire le pont, afin de protéger sa fuite.

CHAPITRE XXI.

Comme quoi les Anticorses s'approchent du pays des Lanternes.

—

Cependant le Génie des Glaçons parcourait les airs, et criait d'un pole à l'autre : « Peuples et Rois ! réveillez-vous ! unissez-vous tous pour exterminer l'Ogre, cet ennemi des Peuples et des Rois. »

A cette voix éclatante, qui faisait plus de bruit que mille tonnerres réunis, le monde entier se réveilla, et courut aux armes. Bientôt les

mers, les fleuves, les rivières, les
grandes et les petites routes, tout
est couvert d'*Anticorses*, qui tous
s'acheminent à grands pas vers le
pays des Lanternes ; et ils allaient
si vite, que si l'Ogre n'eût pas voya-
gé par les airs, ils lui auraient marché sur les talons.

Quelle fut la surprise du Sultan,
lorsqu'en se levant le lendemain, il
se vit plus petit qu'il n'était quand
il avait quitté le pays des Crocodiles !
Mais son épouvante fut portée à son
comble lorsque voulant prendre la
boîte qui renfermait sa poudre magique, il ne la trouva plus. Il l'avait
perdue dans le pays des Glaçons,
perdue sans ressource. Alors il se
mit à faire des jurons épouvantables,
puis à pleurer comme un veau, puis

enfin à prier *Caline* de venir à son
secours. *Caline* parut aussitôt, et
lui dit : « Ta poudre était la poudre
du mensonge ; pour en réparer la
perte, ments comme un arracheur
de dents, et fais mentir à dire d'ex-
perts ; cela pourra te tirer d'affaire
pendant quelque temps : voilà le
dernier conseil que tu recevras de
moi ; adieu ! » Et *Caline* l'abandonna pour toujours.

En conséquence le Sultan se hâta
d'établir partout des fabriques de
mensonges ; il défendit de dire et de
croire un seul mot de vérité ; dans
tous les coins de la capitale il mit
des gens avec des porte-voix pour
publier ses menteries, et fit arranger des échos pour les répéter. Bientôt les Lanternois ne surent plus

que dire ni que croire : un jour, on leur disait que les *Anticorses* étaient à deux cents lieues ; un autre jour, qu'ils étaient à quatre lieues de la capitale ; une fois, on leur disait qu'on en avait tué cent mille, et qu'on avait cassé les bras et les jambes à tous les autres. C'étaient une confusion et des contradictions à ne plus s'y reconnaître ; car on disait les *Anticorses* chassés dans le temps même où ils étaient assez près pour qu'on entendît le bruit de leurs marmites, et pour qu'on sentît la fumée de leur dîner.

Mais ce fut bien autre chose quand ils virent que leur Sultan était devenu *si petit*, et qu'ils entendaient les porte-voix et les échos crier et répéter mille fois qu'il était tou-

jours *aussi grand*. Ils étaient bien
embarrassés, ne sachant s'ils devaient s'en rapporter à leurs yeux
ou à leurs oreilles.

Cependant la chambre des *Oui*,
qui craignait les *Anticorses* (et
pour cause), obéit à l'ordre qu'il
reçut du Sultan, de rassembler tous
les hommes et les chevaux capables
de faire quatre pas, et d'en faire
une armée assez nombreuse pour
étouffer les *Anticorses*. L'Ogre se
disposa à marcher à leur tête ; mais
auparavant il fit ce que nous verrons dans le chapitre suivant.

CHAPITRE XXII.

Comme quoi l'Ogre fit sa dernière promenade dans la capitale des Lanternois.

C'était le 21 du mois des neiges, l'anniversaire du jour où l'on avait tué le bon Roi des Lanternois. Tous les ans, à pareille époque, dans le silence de la nuit, l'Ogre croyait voir l'ombre de ce bon Roi, dont le front était environné d'une auréole brillante; sa figure avait cet air de bonté qu'il montra toute sa vie; mais ses regards étaient tristes et annonçaient le reproche. L'Ogre croyait entendre la voix de ce malheureux Monarque lui adresser ces paroles d'un ton paternel : *Ingrat! que t'ai-je fait? J'ai élevé ta jeunesse, et tu retiens l'héritage de tes maîtres! Je t'ai nourri, et tu assassines mes enfans! Vois ton ouvrage!* Alors l'Ogre voyait successivement paraître devant lui les ombres de tous ceux qu'il avait égorgés ; il roulait dans un fleuve de sang, d'où il ne se retirait que pour se débattre sur des milliers de cadavres ; la sueur ruisselait le long de son corps ; il avait la fièvre, accompagnée d'un délire qui durait jusqu'à l'année suivante : de sorte que la fièvre allant toujours en augmentant, et un délire s'entassant sur un autre délire, l'Ogre faisait des rêves bizarres, qu'il prenait souvent pour de bonnes vérités.

Cette fois-ci, il songea que *Caline* lui disait : « Monte à cheval, parcours les faubourgs, flatte, jette des liards, et coupe les vivres. » — « C'est juste, dit-il en se frottant les yeux : le filleul de *Caline* doit être *calin* : eh bien ! *calinons.* » De suite il monte à cheval, et né fait qu'un galop jusqu'au faubourg St-Nateino. Là, s'étant arrêté au milieu de la rue des Affamés, il se mit à crier : « Holà ! hé ? garçons ! à moi ! »

Aussitôt on vit sortir des greniers et des caves une fourmilière de spectres hideux, pâles, décharnés, tout déguenillés, les

12

uns pieds nus, les autres avec des
chaussures de bois. Ils ouvraient de
larges bouches, et montraient des
dents longues comme des dents d'é-
léphant; et ils se mirent à l'entourer et à le serrer de si près, qu'il eut
peur que ces Affamés ne l'avalassent
lui-même et son cheval : adonques
mit la main à son gousset, en tira
la monnaie d'un sou, et la jeta au
milieu de la fourmilière. Alors les
eussiez vus se pousser, se heurter,
se ruer les uns sur les autres pour
attraper les quatre liards ; et l'Ogre
de recommencer le jeu jusqu'à ce
qu'il eût vidé son escarcelle.

Et les Affamés de crier : « Vive
le grand Sultan ! Ordonnez, que
faut-il faire? Dites un mot, et nous
nous ferons tous hacher pour vous

comme chair à pâté, pourvu que vous nous fassiez avoir de l'ouvrage pour vivre. » — « Oui, mes amis, repartit l'Ogre en fronçant les sourcils, *c'est votre bien que je veux ;* bientôt vous n'aurez plus besoin de rien ; je vais donner des ordres pour que vous soyez tous heureux ; car, puisque je suis votre père, je dois vous traiter comme mes enfans. »

Alors, accompagnés de ses nouveaux amis, qui lui léchaient ses bottes, et essuyaient leurs museaux sur le pan de sa casaque, il se mit en marche pour préparer leur bonheur, à sa manière. Il entrait dans toutes les maisons des riches, sous prétexte de recommander ses amis en sabots ; mais à l'un il disait : « Je te défends de faire faire des culottes. »

Il disait à l'autre : « Tu ne feras plus filer ni carder. » Il disait aux architectes : « Je vous défends de faire gratter, blanchir ou bâtir des maisons. » Il disait aux boulangers : « Je ne veux plus que vous vendiez du pain à crédit. » L'Ogre fit les mêmes défenses aux gargotiers, aux fruitiers, aux marchands de falourdes, et surtout aux marchands de vin.

Après s'être bien assuré que ses bons amis n'auraient plus rien à mettre sous la dent, il s'en retourna gravement à son palais, escorté par les Affamés en guenilles, qui le suivaient depuis le faubourg ; et, tout le long de la rivière, il comptait sur ses doigts, avec un sourire infernal, les Affamés qu'il allait prendre dans

ses filets, marmottant dans sa barbe :
« *La faim chasse le loup hors du bois.* » Cependant on voyait bien qu'il avait compté sans son hôte : il avait cru que les Lanternois seraient enchantés de le voir s'encanailler pour leur plaire, et s'égosilleraient à crier : « *Vive le Sultan !* » Au lieu de cela, il les entendait dire : « *Vraiment ! l'Ogre a bien choisi son temps !* » Aussi, à son air en dessous, à son regard sombre et sinistre, on devinait que, s'il avait osé, il aurait dévoré les Lanternois, qui s'avisaient d'être mécontens de ce que leur Sultan avait choisi pour sa burlesque et scandaleuse promenade, le jour qui leur rappelait une si cruelle époque et des souvenirs si douloureux !

12*

~~~~~~~~~~~~~~~~~~~~~~~~~~~~~~~~~~~

CHAPITRE XXIII.

Comme quoi l'Ogre se laissa prendre à l'hameçon.

—

L'Ogre partit de la capitale en annonçant qu'il allait avaler tous les *Anticorses ;* et ceux-ci s'avançaient toujours, annonçant partout qu'ils n'en voulaient qu'à l'Ogre ; mais la capitale n'osait croire à un bonheur si inespéré, à un dessein si magnanime, parce que les porte-voix et les échos de la fabrique de menteries ne cessaient de corner aux oreilles des Lanternois, que les *Anti-*

corses étaient autant d'ogres qui mangeaient les petits enfans tout crus, ouvraient le ventre des jeunes filles, faisaient mourir les vieilles femmes à force de les chatouiller; et mille autres horreurs qui faisaient dresser les cheveux sur la tête des crédules Lanternois.

Le grand frère du Sultan, qui ainsi que ses autres frères, s'était enfermé dans la capitale, ne cessait de répéter que tous les Lanternois seraient mis en fricassée s'ils ne se défendaient jusqu'à l'extrémité. Fut donc ordonné aux jeunes filles d'acheter de petits couteaux de six blancs pour crever les yeux des *Anticorses*; aux femmes, de faire bouillir de l'huile pour leur laver la tête. Il fut aussi ordonné que les

paysans les tueraient avec leurs
fourches et leurs fléaux, les perru-
quiers avec leurs rasoirs, les tail-
leurs avec leurs ciseaux, les cor-
donniers avec leurs tranchets, les
cochers avec leurs fouets, les écrivains avec leurs canifs, et que s'ils
entraient dans la capitale, on devait
les détruire tous en jetant les maisons par les fenêtres : mais les Lanternois se moquèrent du grand frère,
et résolurent de ne se mêler de rien.

Cependant l'Ogre, qui, en perdant sa taille, avait conservé son
appétit, était réduit aux abois; il
ne trouvait plus rien à croquer. Les
Anticorses, qui voulaient le prendre
vivant, se contentaient de lui montrer de loin un appât friand attaché
à un hameçon, qu'ils retiraient

chaque fois qu'il était près de le happer. Pendant qu'ils l'éloignaient ainsi de la capitale, des milliers d'*Anticorses* s'en approchaient sans qu'il s'en doutât : si bien qu'un beau matin que les échos du mensonge avaient répété, comme à l'ordinaire, que tous les *Anticorses* avaient été avalés par l'Ogre, les Lanternois de la capitale furent bien surpris d'entendre leurs cris et leurs pétards sous les murs de leur ville, autour de laquelle le grand frère, qui perdait la tête, avait fait planter des échalas pour les empêcher d'entrer; mais les Lanternois, persuadés que les *Anticorses* n'auraient pas de peine à enjamber de telles palissades, se couchèrent, dans la persuasion qu'ils seraient tous tués et dévorés à leur réveil.

Au point du jour, l'armée des *Anticorses* entra dans la capitale, et les Lanternois furent bien surpris quand ils virent cette armée innombrable de peuples venus à leur secours des extrémités du monde. La veille, *les menteurs en chef* leur faisaient croire qu'il n'en restait que de misérables débris, et ils voyaient d'immenses colonnes de cavalerie et d'infanterie s'avançant en bon ordre sur quarante hommes de front, occupant une ligne de deux lieues, et défilant, pendant quatre grandes heures, au bruit des instrumens de guerre. A leur tête marchait le grand Czar, souriant, parlant à tous les Lanternois comme s'ils eussent été ses enfans. Et quand les Lanternois criaient : « *Vive le Czar!* » il leur disait : « *Criez vive le Roi! mes amis ; c'est pour votre Roi qu'il faut réserver tout votre amour.* » Quelques-uns, bien las de la guerre, se hasardaient à crier : « *La paix! la paix!* » Alors le grand Czar répondait : « *Oui, vous l'aurez, je vous l'apporte, je ne suis venu que pour cela.* » Après une promesse aussi douce, les Lanternois portèrent des regards moins effrayés sur ces prétendus *ogres*, qui, au lieu de les mettre en fricassée, riaient, jouaient, chantaient, dansaient et buvaient avec eux comme s'ils étaient de la famille. Alors les porte-voix du mensonge furent brisés, leurs échos se turent, les bâillons et les muselières tombèrent ; tous ceux que la crainte de l'Ogre avait si long-temps rendus muets, se dédommagèrent de leur long et pénible silence, et unirent leurs voix en concerts mélodieux pour chanter les louanges du Génie des Glaçons, qui était venu de si loin pour les délivrer enfin de l'Ogre dévorateur.

Il y avait pourtant encore beaucoup de Lanternois qui n'osaient pas se livrer franchement à l'allégresse, parce qu'ils craignaient le retour de l'Ogre, dont le nom seul leur donnait la fièvre ; mais leur appréhension ne fut pas de longue durée.

Tout à coup le sombre et épais nuage que la fée *Sanguinolente* avait étendu sur le pays des Lanternois se dissipa, et on vit alors un spectacle magnifique, tel qu'on n'en a jamais vu et qu'on n'en reverra jamais de semblable.

Le soleil brillait dans tout son éclat. A la faveur de sa clarté resplendissante, on aperçut dans le lointain l'Ogre, que les *Anticorses* avaient pris à l'hameçon : on aurait dit un goujon pendu au bout de la ligne d'un pêcheur. Il était *si petit, si petit,* que les Lanternois étaient tout honteux d'avoir eu tant de peur d'un pareil avorton : si bien que ceux qui, par crainte ou autrement, s'étaient auparavant égosillés à crier et

à chanter : « *Oh qu'il est grand !* »
furent les premiers à fredonner :
« *Oh qu'il est petit !* »

Bientôt une douce musique, qui
semblait venir du ciel, attira l'atten-
tion d'un autre côté. Sur des nuages
de pourpre et d'or, parut le bon
Génie des Lanternois : ses vêtemens
étaient blancs comme la neige ; il
portait dans sa main une touffe de
lis, dont le doux parfum, embau-
mant les airs, faisait couler dans les
cœurs un esprit de paix et de satis-
faction que les Lanternois ne connaissaient plus depuis long-temps.

Ce fut bien autre chose quand on
vit, près du bon Génie, le frère du
bon Roi dont on avait tant pleuré la
mort, et sa noble et courageuse fille,

que ses malheurs et ses vertus rendent si intéressante. Devant eux
étaient les autres Princes de la Famille Royale, qui avaient échappé à
la cruelle voracité de l'Ogre.

———

CHAPITRE XXIV,

ET DERNIER.

Comment l'auteur termine cette véritable et merveilleuse histoire.

—

Les Lanternois ne pouvaient arracher leurs yeux de dessus le bon Prince devenu leur Roi. Pour lui, il les regardait avec des yeux de père, leur tendait les bras, les appelait ses enfans, ses enfans chéris. Tous les yeux étaient remplis de douces larmes; des milliers de voix criaient d'un bout de la capitale à l'autre :

Vive notre bon Roi! Vive notre courageuse et vertueuse Princesse! Vivent nos Princes chéris! On se pressait autour d'eux, on semait des fleurs sur leurs pas ; enfin on n'a jamais vu pareille fête ; il fallait le voir pour le croire.

La hideuse statue de l'Ogre tomba avec un fracas épouvantable, et se trouva remplacée par le symbole de la paix, décoré des fleurs chéries des Lanternois. Les traces de sang disparurent, les larmes se tarirent. Partout on n'entendait que ces mots si doux à prononcer : *la Paix! la Paix! le Roi! le Roi!* et dès ce moment ces deux mots, le Roi et la Paix, furent inséparables.

Le Roi promit de rendre tous ses sujets heureux, et tint parole,

13*

en réparant le mal qu'avaient fait
le Génie *Vertigo* et *l'Ogre de
Corse* : celui-ci fut condamné à
rester toute sa vie dans l'île *des
Mines*, d'où il pouvait entendre
toutes les malédictions qu'on lui
donnait, et voir, en enrageant,
le bonheur de ceux qui avaient
échappé à sa voracité. Mais avant
d'arriver dans cette île où il devait
finir ses jours, il eut encore bien
des tribulations à éprouver, et il
ne sera peut-être pas hors de propos d'en dire quelques mots, pour
faire voir ce que c'est qu'un pré-
tendu *grand homme* qui n'a jamais
eu d'autre mérite que celui de jeter
de la poudre aux yeux.

Quand les *Anticorses* l'eurent
pris à l'hameçon, de sorte qu'il

ne pouvait plus leur échapper, ils le décrochèrent, et se firent un plaisir de le faire courir devant eux, en l'enveloppant toutefois de manière à ne pas le perdre de vue. L'Ogre trouva la porte d'un château ouverte (1); il y entra avec quelques-uns de ses piqueurs qui n'avaient pas encore bien essuyé leurs yeux, et *Tan-Rous*, mahométan sauvage qu'il avait amené du pays des Crocodiles et qu'il aimait passionnément. *Tan-Rous* suivait l'Ogre partout, et pour lui plaire tuait les pièces de gibier les plus délicates ; il couchait à ses pieds comme un petit chien, toujours prêt à mordre ceux qui voudraient s'approcher de son maître.

_____

(1) Fontainebleau.

L'Ogre se voyant encore une
fois dans un beau château, entouré de ses piqueurs, croyait que
les moutons Lanternois allaient,
comme à l'ordinaire, venir se présenter humblement pour être cro-
qués par Sa Majesté Ogrichonne ;
mais il avait beau crier, personne
ne répondait ; et ceux qu'il appelait, faisaient comme le chien de
Jean de Nivelle, et lui tournaient
le dos. Il se mettait dans des co-
lères épouvantables, qui faisaient
rire les piqueurs ; et quand il leur
disait : *Je vous dévorerai*, ils répondaient : *Tu es trop petit ;* car,
n'ayant plus les yeux fascinés par
l'effet de sa poudre magique, ils
commençaient à voir clair. L'Ogre
alors changeant de ton, prit un air

calin, et, rassemblant ses derniers amis autour de lui, il leur demanda des conseils sur ce qu'il devait faire. Tous furent d'avis que quand on avait été *si grand,* et qu'on était devenu *si petit,* la seule ressource qui restait à un homme de cœur, c'était de mourir. « Laissez - moi seul, dit l'Ogre, j'y réfléchirai. » Quand il fut seul, *Tan-Rous* vint le trouver, les larmes aux yeux, et lui dit : « Maître, tout est fini pour toi ; je veux te prouver combien je t'aime, et te rendre un service à la mode de mon pays. » — « Quel est-il? » dit l'Ogre. — « C'est de te couper la tête pour te mettre à l'abri de tout danger. » — « Non, non, dit l'Ogre ; *les morts ne se vengent point.* »

Ici l'auteur russe, dont nous tâchons d'imiter le style antique et simple, jure par Saint-Nicolas, que cette réponse de l'Ogre est véritable, et qu'elle prouve que *Bon-à-part*, en perdant sa taille colossale, a conservé le caractère de tigre qu'il a sucé avec le lait de sa nourrice. Il continue ensuite son histoire merveilleuse en ces termes :

Quand *Bon-à-part* entendit qu'on lui chantait de tous côtés : *Adieu, paniers ! vendanges sont faites,* il se détermina à faire contre fortune bon cœur ; en conséquence, il déclara aux Lanternois et aux *Anti-corses,* qu'il renonçait à la chaise enchantée, à condition qu'on le nourrirait suivant son appétit, et *qu'on le laisserait vivre.* Ce qui lui fut accordé, parce que l'on comptait bien réduire sa voracité inouïe en un appétit raisonnable. Ensuite les *Anticorses* le firent monter en voiture pour le conduire dans l'île *des Mines,* et permirent à tous ceux qui le voudraient, de l'accompagner. Grande ne fut pas la foule, car il était tellement détesté, et l'on était si content d'en être débarrassé, que ni mère, ni frère, ni sœur, ni cousin, ni cousine, ne voulurent le suivre, et s'en allèrent tous d'un autre côté, de peur de le rencontrer en route.

. Et bien leur en prit; car dès que le bruit se fut répandu dans le pays des Lanternois, que l'Ogre de Corse devait traverser le royaume pour aller jouer au *Robinson* dans l'île *des Mines,* chacun se pressa sur son passage : les uns s'approchaient pour

lui donner des croquignoles, d'autres
pour lui crever les yeux; à Orgon,
en Provence, il manqua d'être pendu : il ne se crut en sûreté que quand
il se vit dans le vaisseau qui devait
le conduire à l'île *des Mines*, où
il fut bien content d'arriver, mais
cependant bien enragé de ne trouver
sur sa table que des mauviettes,
au lieu des hommes, qu'il aurait
bien encore voulu dévorer.

Dès que l'Ogre fut installé dans
l'île *des Mines*, il fit déballer tous
les trésors qu'il avait emportés aux
trop bons, trop légers et trop crédules Lanternois. Ces trésors étaient
innombrables, et l'on peut s'en faire
une idée par la misère que l'Ogre
laissa après lui dans le pays des Lanternois. Il fit étaler tous ces trésors

aux yeux éblouis des gardes dont les *Anticorses* avaient environné l'île *des Mines*, et il crut qu'il pourrait les séduire en leur en promettant une partie ; mais il trouva tous ces gardes incorruptibles.

Désespérant donc de jouer encore un rôle brillant dans la destruction des hommes, il se résolut à charmer les loisirs de sa vie, forcément obscure, en s'occupant à rédiger les mémoires de sa vie. Dès qu'ils nous seront parvenus, nous les publierons pour faire suite à cet ouvrage ; et nous espérons qu'ils pourront empêcher les Ogres à venir de renouveler les maux innombrables causés par l'Ogre de Corse.

FIN DE LA PREMIÈRE PARTIE.

TESTAMENT DE BUONAPARTE.

Je lègue aux enfers mon génie,
Mes exploits aux aventuriers,
A mes amis l'ignominie,
Le grand livre à mes créanciers,
Aux Français l'horreur de mes crimes,
Mon exemple à tous les tyrans,
La France à ses Rois légitimes,
Et beaucoup d'or à mes parens.

ÉPITAPHE DE BUONAPARTE.

Passant, ne pleure point mon sort;
Si je vivais, tu serais mort.

La Révolution s'est faite homme dans la personne de *Buonaparte*. (PALAFOX.)

Buonaparte n'est autre chose que *Robespierre* à cheval. (Mme DE STAEL.)

On a dit, avec raison, que *Buonaparte* avait l'*enfer* dans le cœur et le *chaos* dans la tête.

OGRIANA.

—

(C'est l'Ogre qui parle.)

Si j'avais été général, j'aurais embrassé le parti de la Cour; sous-lieutenant, j'ai dû embrasser celui de la révolution.

~~~~

Si l'Assemblée constituante avait su se conduire, il n'y aurait plus maintenant un trône en Europe.

~~~~

La République est une assez bonne comédie, mais les acteurs n'en valent rien.

~~~~

Il ne tient à rien que je ne fasse jeter les Tribuns dans la Seine, et tout Paris y applaudirait.

~~~~

Si j'abuse du pouvoir que vous me confiez, que les Français tournent contre moi leurs baïonnettes, et que je serve d'exemple à ceux qui tenteraient de les opprimer. (*Discours au Conseil des Anciens, 18 brumaire.*)

~~~~

La Fortune est inconstante : combien d'hommes qu'elle avait comblés de ses faveurs, ont vécu trop de quelques années !

~~~~

L'intérêt de ma gloire et l'intérêt

de mon bonheur sembleraient avoir marqué le terme de ma vie publique au moment où la paix du monde est proclamée. (*Réponse au Sénat, 19 floréal an 10.*)

~~~~

Si la majesté des Rois se trouve empreinte sur leur front (disait-il à Jérôme), vous pouvez voyager *incognito*, vous ne serez point découvert.

~~~~

Quand vous m'emmaillotterez de tous ces habits-là (*disait-il la veille de son sacre*), j'aurai l'air d'un magot; avec vos habits impériaux vous n'en imposerez pas au peuple de Paris, qui va à l'Opéra, où il en voit de plus beaux à *Laïs* et à *Chéron,* qui les portent beaucoup

14*

mieux que moi. Est-ce que vous ne
pouvez pas ajuster votre manteau
par-dessus mon habit, comme je
suis là?

~~~~

L'Europe est une vieille p.....
pourrie; j'ai 800,000 hommes, j'en
ferai ce que je veux.

~~~~

Il n'y a que des usufruitiers en
France; moi seul suis l'unique pro-
priétaire du sol.

~~~~

Il y a encore quelques personnes
heureuses en France; ce sont des
familles qui ne me connaissent pas,
qui vivent à la campagne, dans un
château, avec trente ou quarante
mille livres de rentes; mais je saurai
bien les atteindre.

Louis, nommé roi de Hollande par *Buonaparte*, s'excusant auprès de lui d'aller habiter la Hollande, parce que ce pays est malsain : — « Hé bien ! vous mourrez roi ; » répondit le Corse barbare.

« Ne crains-tu pas, disait *Lucien* à *Buonaparte*, que la France ne se révolte contre l'indigne abus que tu fais du pouvoir ? » — « Ne crains rien, répondit *Buonaparte* ; je la saignerai tellement jusqu'au blanc, qu'elle en sera de long-temps incapable. »

Pour le souverain, les hommes sont comme les pions pour un joueur d'échecs ; on les place suivant les chances de la partie : quand on n'en a plus besoin , on les jette.

~~~~

Il faut charger le baudet pour qu'il ne rue pas.

~~~~

A la Cour, le Monarque seul est quelque chose ; les autres ne sont que des valets.

~~~~

Mes ministres ne sont que des scribes chargés d'écrire sous ma dictée.

~~~~

Les conscrits sont de la chair à canon.

~~~~

L'homme d'état doit avoir son cœur dans sa tête

~~~~

Louis XIV était un pauvre homme;
je n'en aurais pas voulu pour mon
aide de camp.

~~~~

Henri IV est le roi de la canaille.

~~~~

C'est en famille qu'il faut laver
son linge sale, et non sous les yeux
du public.—La France a plus besoin
de moi que je n'ai besoin de la
France. — Oui, dans quatre mois
j'aurai la paix, et les ennemis seront
chassés, ou je serai mort. (*Discours
au Corps législatif, le 1er janvier
1814.*)

~~~~

Il y a des boutefeux qui répandent
de l'argent parmi le peuple pour le

séduire ; ce sont des gens à péter
dessus (il désignait MM. Pérignon
et Bélart.)

~~~~

Je suis maître de tout ; le dernier
homme et le dernier écu m'appar-
tiennent.

~~~~

On se tue par amour, sottise ; on
se tue pour avoir perdu sa fortune,
lâcheté ; on se tue pour ne pas vivre
déshonoré, faiblesse ; mais survivre
à la perte d'un empire, aux outrages
de ses contemporains, voilà le vrai
courage.

~~~~

Tout est fini pour moi en Europe,
mais l'Asie attend un homme.

FIN DE L'OGRIANA.

TABLE DES CHAPITRES.

—

FIN DE LA TABLE.

De l'Imp. de Cellot, rue des Gr.-Augustins.